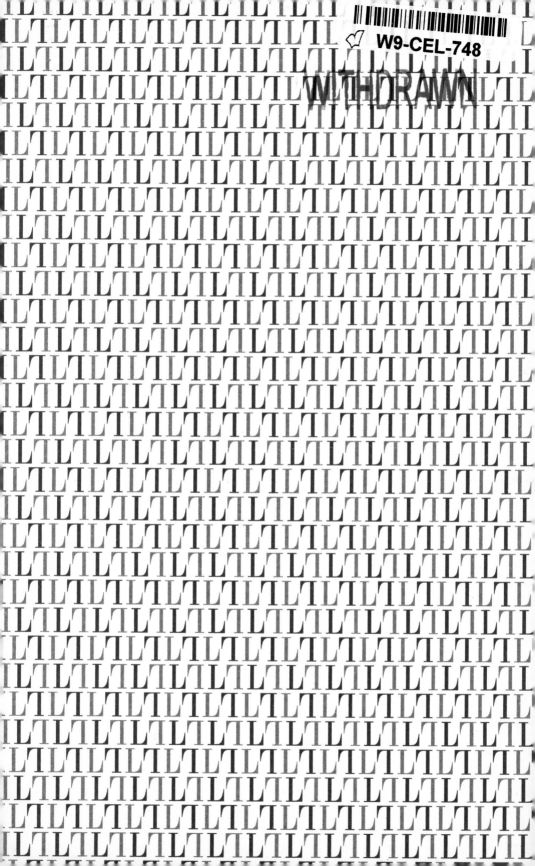

Donde me encuentro

Donde me encuentro

Jhumpa Lahiri

Traducción del italiano de
Celia Filipetto

Lumen

narrativa

Papel certificado por el Forest Stewardship Council®

MIXTO
Papel procedente de
fuentes responsables
FSC® C117695

Título original: *Dove mi trovo*

Primera edición: abril de 2019

Printed in Spain – Impreso en España

ISBN: 978-84-264-0693-4
Depósito legal: B-2320-2019

Compuesto en M. I. Maquetación, S. L.
Impreso en Egedsa
Sabadell (Barcelona)

H406934

Penguin
Random House
Grupo Editorial

Con cada cambio de lugar siento una tristeza grande, enorme. No mayor que cuando dejo un lugar al que se asocian recuerdos, dolores y placeres. Es el cambio mismo lo que me agita como el líquido en un frasco que, sacudido, se enturbia.

ITALO SVEVO, *Saggi e pagine sparse*

En la acera

Por la mañana, después del desayuno, paso por delante de una pequeña lápida de mármol apoyada contra el muro alto de la calle. Nunca conocí al muerto; sin embargo, con los años, sí conozco su nombre, su apellido. Sé el mes y el día de su nacimiento y de su desaparición. Murió en febrero, este hombre, dos días después de su cumpleaños.

Sería un accidente de bicicleta o de moto. O a lo mejor caminaba de noche, despistado, y lo atropellaron de lleno.

Perdió la vida a los cuarenta y cuatro años. Falleció, me imagino, justo aquí, en esta acera, al lado del muro por el que asoman unas plantas descuidadas; por eso la lápida está abajo, a los pies de los transeúntes. Es una calle zigzagueante, empinada, un poco peligrosa. La acera es incómoda, sobresalen las raíces de los árboles. Algunos tramos son casi impracticables por culpa de esas raíces; de hecho, también yo tiendo a caminar por el centro de la calzada.

Suele haber una vela encendida en un recipiente de vidrio rojo además de un ramito de flores y la estatuilla de un santo. Pero de él no hay fotos. Encima de la vela, pegada a la pared, dentro de un envoltorio de plástico ajado, hay una nota escrita a mano por su madre: un saludo a quien se detiene un instante para reflexionar sobre la desaparición de su hijo. «Me gustaría dar las gracias personalmente a quien dedica un momento de su tiempo a mi hijo, pero como no es posible, de cualquier forma le doy las gracias de todo corazón», dice.

Delante de la lápida nunca he visto a la madre ni a nadie más. Pienso tanto en la madre como en el hijo; después sigo adelante, sintiéndome un poquito menos viva.

Por la calle

Algunas veces, en mi barrio, cuando voy por la calle me encuentro con un hombre con el que podría haber tenido una historia, quizá una vida. Él siempre se alegra de verme. Es la pareja de una amiga mía, tienen dos hijos. Nuestra relación se limita a una dilatada charla en la acera, a un café rápido, incluso a un paseo juntos. Me cuenta sus planes con entusiasmo, gesticula y, de vez en cuando, mientras caminamos, nuestros cuerpos, ya muy próximos, sincronizados, se enredan discretamente.

En una ocasión me acompañó a una lencería porque buscaba un par de medias a juego con una falda nueva. Acababa de comprarme la falda, por la noche tenía una cena y necesitaba unas medias. Juntos tocamos todas las telas expuestas en el mostrador, todos los colores. El muestrario parecía un libro lleno de retales de tejidos flexibles, transparentes. Se sentía muy a gusto entre los sostenes, los camisones, como si estuviésemos en una ferretería y no en una lencería. Yo dudaba entre el verde y el violeta. Fue él quien me convenció de que me llevara el violeta, y cuando la dependienta metió las medias en la bolsa, dijo: «Tiene buen ojo, tu marido».

Estos encuentros son una agradable pausa a nuestras peregrinaciones habituales. Disfrutamos de un afecto casto, de pasada. Así no puede avanzar, nunca puede tomar la delantera. Es un hombre pulcro, quiere a mi amiga, a sus hijos.

A mí también me basta con un fuerte abrazo, aunque no comparta mi vida con nadie. Un par de besos en las mejillas, un paseo, un trecho del trayecto juntos. Sin decirnos nada sabemos que, si quisiéramos, podríamos aventurarnos en algo equivocado, incluso inútil.

Esta mañana lo veo distraído. No me reconoce hasta que me tiene justo delante. Está cruzando un puente, él llega por un extremo; yo, por el otro. Nos detenemos en medio y observamos las sombras de los transeúntes proyectadas en la pared que bordea el río. Parecen filas de fantasmas fugaces, almas obedientes que pasan de un mundo a otro. El recorrido del puente es llano; sin embargo, parece que las sombras —figuras insustanciales contra la pared sólida— se elevaran y nunca dejaran de subir. Como presos que avanzaran en silencio hacia una meta nefasta.

—Un día de estos estaría bien filmar esa procesión —me dice—. No siempre ocurre, depende de la posición del sol. Nunca deja de impresionarme, lo encuentro hipnotizador. Incluso cuando llevo prisa me paro a verlo.

—Yo también.

Saca el móvil. Me pregunta:

—¿Probamos?

—¿Cómo queda? —pregunto.

—Fatal, este trasto no capta nada.

Seguimos contemplando el espectáculo mudo, las figuras negras que se mueven sin parar.

—¿Adónde vas ahora?

—A trabajar.

—Yo también.

—¿Nos tomamos un café?

—Hoy no tengo tiempo.

—Adiós, entonces, nos vemos.

Nos despedimos, nos separamos y nosotros también nos convertimos en dos sombras proyectadas sobre esa pared: un espectáculo cotidiano, imposible de captar.

En el despacho

Difícil, concentrarme bien aquí. Me siento expuesta, rodeada de mis colegas y los alumnos que recorren el pasillo. Me ponen nerviosa sus movimientos, sus conversaciones.

Trato en vano de infundir un poco de calor al espacio. Todas las semanas llego con un bolso cargado de libros que traigo de casa para llenar las estanterías. Al final, el dolor de hombros, el peso, el esfuerzo no sirven de nada. Harían falta dos, tres años para llenar esa biblioteca, es demasiado espaciosa, cubre una pared entera. En cualquier caso, el espacio se ha vuelto acogedor: una estampa enmarcada, una planta, dos cojines. Aun así es un espacio que me interroga, que me rechaza.

Abro la puerta, suelto el bolso, comienzo a organizarme para el día. Contesto el correo, decido qué libro me gustaría dar a leer a los alumnos. Estoy aquí por el sueldo, no pongo demasiado empeño. Miro el cielo por la ventana. Escucho algo de música. Leo y corrijo los trabajos de los alumnos, y así vuelvo a los libros que antes me apasionaban. De vez en cuando algún osado llama a la puerta para pedirme un consejo, un favor. Se sienta frente a mí, lleno de ambiciones, de confianza.

Sigue siendo una zona de paso, no consigo echar raíces ahí dentro. Mis colegas tienden a ignorarme y yo los ignoro a ellos. Quizá me encuentran adusta, huraña, vete a saber. Nos vemos obligados a mostrarnos cercanos, siempre asequibles, pero yo me siento en la periferia de todo.

Parece que el colega al que antes pertenecía este despacho se quedaba a dormir aquí de vez en cuando. Y me pregunto dónde, cómo. ¿En el suelo, sobre una manta de lana? Era poeta, dice su viuda; amaba el silencio nocturno de este edificio en plena noche cuando por las calles no había un alma, y si se le ocurría algún poema, no se iba hasta que lo terminaba. En su casa, en cambio, no se encontraba a gusto, en su estudio limpio y agradable, decorado por su mujer. Componía aquí; a él no le importaba nada el color tenue de las paredes, la alfombra desvaída. La sordidez propiciaba su creatividad. Era un señor mayor, absorto, con la cabeza llena de palabras fulgurantes que se mezclaban y encontraban acomodo en este cuarto. Murió hace dos años; no aquí, aunque todavía queda algo de él; por eso este sitio me parece sepulcral.

En la taberna

Almuerzo a menudo en una taberna cerca de mi casa. Es un local pequeño, si no llego a mediodía, no encuentro sitio y tengo que esperar hasta pasadas las dos. Como sola junto con otros solitarios, gente desconocida, pero me encuentro a menudo con caras familiares.

Cocina el padre y la hija hace de camarera. Creo que perdieron a la madre cuando la hija era pequeña: se percibe entre ellos un vínculo extremo, que va más allá de la sangre, reforzado por el luto. No son de por aquí. Aunque trabajen todo el día en una callejuela bulliciosa siguen siendo isleños, llevan en la sangre el ardor del sol, colinas baldías cuajadas de ovejas, ráfagas de mistral. Los veo juntos en una barca, anclados delante de una gruta abrigada. Veo a la hija que se zambulle desde la proa, al padre, con un pez aún vivo en la mano.

En realidad, la hija no hace exactamente de camarera, está detrás del mostrador.

—¿Qué ponemos?

El menú está escrito en la pizarra con una letra compacta, extravagante. Cada día de la semana elijo un plato distinto. Ella apunta la comanda y después le dice a su padre, que siempre está en la cocina, qué debe preparar.

Me siento y la hija me trae una botella de agua, una servilleta de papel, después vuelve a su sitio detrás del mostrador. Espero a que mi bandeja aparezca en el mostrador y voy a buscarla.

Hoy, entre los empleados del barrio, los turistas habituales, hay un padre joven con su hija. Ella, de unos diez años, dos trenzas rubias, los hombros caídos, la mirada algo distraída. Suelo verlos los sábados, pero esta semana no hay clases, son las vacaciones de Semana Santa. Me conozco la historia: la hija se niega a pasar la noche en casa de su padre, prefiere dormir única y exclusivamente en casa de su madre. Los veía antes, cuando eran tres, en este mismo local. Me acuerdo de cuando la madre estaba embarazada de la niña, el entusiasmo de la pareja, las conversaciones íntimas, las felicitaciones de todos los parroquianos. Venían a almorzar incluso después de haberse convertido en una familia. Aparecían cansados y hambrientos tras haber estado en el parque infantil, tras haber hecho alguna compra en la plaza. Me sentía unida a la niña, hija única como yo, sentada en medio de sus padres. Solo que a mi padre no le gustaba comer fuera de casa.

El año pasado la madre se marchó del barrio, aquí quedó solo el padre. Y se siente frustrado, mejor dicho, exasperado por culpa de esta hija tan unida a su mamá, que se niega a quedarse con él, en la casa en la que creció, en su habitación, que la espera.

La hija juega con el móvil mientras el padre intenta hablarle, convencerla. Me da pena cómo se repite. Me da pena la ruptura que se percibe ya entre este padre y esta hija, también el fracaso del matrimonio. Y eso que dicen que la madre se marchó porque él la había engañado con otra; una pasión desenfrenada que carga ya sobre los hombros.

—¿Qué tal la semana pasada en el colegio? —pregunta el padre.

La niña se encoge de hombros. Dice:

—¿Me llevas a casa de una amiga esta noche?

—Había pensado que podríamos ir al cine, los dos.

—No me apetece. Quiero ir a casa de mi amiga.

—¿Qué haces allí?

—Divertirme.

—¿Y qué más?

—Irme con mamá.

El padre se rinde, esta semana no se esfuerza más en convencerla. Él también mira el móvil. Ella se come solo una parte de su plato y él termina las sobras.

En primavera

En primavera sufro; la estación no me estimula, la encuentro agotadora. La nueva luz me aturde, la naturaleza fulminante me hace sufrir, el aire cargado de polen me irrita los ojos. Todas las mañanas necesito una pastilla para mitigar las alergias, pero me da somnolencia. Me entra modorra, no hay modo de concentrarme, y a la hora del almuerzo solo tengo ganas de irme a la cama. De día sudo y por la noche me muero de frío. No existen zapatos adecuados para esta época caprichosa del año.

Todas las huellas amargas de mi vida están relacionadas con la primavera. Todos los golpes duros. Por eso me acongojan el verde intenso de los árboles, los primeros melocotones en el mercado, las faldas acampanadas y ligeras que llevan las mujeres de mi barrio. Estas cosas me remiten a pérdidas, traiciones, decepciones. Me molesta despertarme y sentirme empujada inevitablemente hacia delante. Pero hoy es sábado y no tengo que salir. Qué gozada despertar y no levantarse.

En la plaza

La hija de unos amigos vive sola en esta ciudad, como yo, aunque solo tiene dieciséis años. Llegó hace tres con su padre, su madrastra y un hermanastro mucho más pequeño que ella. Su padre es pintor y durante dos años disfrutó de una beca prestigiosa en una academia de las colinas. Conocí a toda la familia en una de sus exposiciones. El pintor y su mujer venían a casa a tomar clases de italiano. La hija no venía. Estudiaba bachillerato en un colegio de la zona, y al cabo de dos años decidió no regresar a su país de origen, separarse con antelación de su familia y quedarse aquí. Tiene una habitación en un edificio gestionado por el instituto para estudiantes venidos de fuera como ella.

La llamo cuando hay alguna exposición que me parece interesante, o bien cuando empiezan las rebajas de final de temporada. Prometí a mis amigos que la vigilaría, aunque esta chica no me necesita para nada.

La veo mientras cruza la plaza en bicicleta. Podría ser mi hija, es treinta años menor que yo. Sin embargo, ya es una mujer, de una belleza que desarma, una chica que sonríe al hablar, como diciendo: «Qué bien me siento». Nada que ver conmigo a su edad, que todavía era una niña sin novios, cohibida. La envidio, me resulta imposible no lamentar mi juventud maltrecha, en absoluto transgresora.

La chica acaba de regresar tras pasar una semana con su familia. Se siente aliviada de haber tomado otra vez distancia. Me dice que estar juntos siete días seguidos es un tormento, que su padre y su madrastra no paran de discutir, que deberían separarse.

—¿No se quieren?

—¡Qué va! Mi padre está demasiado liado con sus cuadros y ella marea la perdiz, se ocupa de él, lo pone de los nervios.

—¿Y tu madre qué tal? ¿La ves?

—Ha vuelto a casarse con un tipo antipático.

Toma un zumo de granada, el vaso parece lleno de sangre, pero no se lo digo. Dice que tiene hambre y también pide un cruasán. Lo parte en dos, luego trocea una mitad. Prueba un poquito, luego dispone los demás trozos en la servilleta.

Mientras estamos sentadas en la plaza, ella atrae las miradas, pero no hace caso. Conoce muy bien la lengua que a sus padres les cuesta hablar. No parece extranjera; al contrario, parece una criatura que se siente a gusto en todas partes.

Sus padres están preocupados, esperan que su hija cambie de idea y decida ir a una universidad cerca de ellos. Cuando nos telefoneamos no les digo que ya la han perdido.

Está llena de sueños, de planes. Todavía cree que es posible cambiar el mundo. Ya tiene el valor de rebelarse, querría construir su futuro aquí. Le tengo cariño a esta chica, en cierto modo, su determinación me inspira. A la vez pienso en mí misma y me deprimo, no consigo borrar esa sensación de ineptitud mientras ella me habla de los chicos que la cortejan, anécdotas divertidas que dan mucha risa. Me río pero por dentro me siento mal: a esa edad yo no conocía el amor.

¿Qué hacía? Leía, estudiaba, atendía y obedecía a mis padres. Pero, en resumidas cuentas, no conseguí contentarlos. Yo no me gustaba, ya sabía que acabaría siendo una solitaria, eso es todo.

—Ayer hablé con tu padre, dijo que en vuestro país llueve mucho.

—Ya no pertenezco a ese país.

—¿Por qué no te gusta vivir allí?

—Porque no aguanto a mi madrastra, no tiene vida propia, no tiene voz propia. Mi madre era igual, por eso mi padre la dejó. Ese modelo ya no se lleva. Quiero ser una mujer fuerte, independiente, como tú.

Podría haberle dicho lo mismo. Me callo. La observo mientras dispone los trozos del cruasán, que no se ha comido, dentro de la servilleta de papel y hace una pequeña bola que deposita con cuidado dentro del vaso. Después pido la cuenta.

En la sala de espera

Después de los cuarenta y cinco años, tras una época larga y afortunada en la que casi nunca fui al médico, empiezo a conocer el malestar. Una serie de dolores misteriosos, extraños problemas que se presentan de repente y luego se solucionan: una presión persistente detrás del ojo, una punzada en el codo, una parte de la cara que, durante un tiempo, me notaba parcialmente entumecida. Manchas rosadas y redondas esparcidas por el abdomen que me provocaban unos molestos picores, hasta el punto de que una vez tuve que ir a urgencias. Al final se solucionó con una pomada.

Y ahora, desde hace unos días, noto una sensación rara en la garganta, bajo la piel, una palpitación intermitente. Me ocurre solo cuando estoy en casa, sentada en el sofá, mientras leo. Es decir, cuando me relajo, justo cuando trato de estar bien. Me dura unos segundos y se me pasa. Una mañana, en el bar al que voy siempre, se lo conté al camarero con quien me desahogo, vete a saber por qué, y me dijo:

—Ve a hacerte una revisión, que por ahí pasa una vena que conecta el corazón con el cerebro.

Y un señor que estaba de pie, a mi lado, un profesor de historia jubilado que suele tomar una cerveza incluso por las mañanas, añadió:

—Vaya; a mi mujer, pobrecita, le ocurrió algo parecido.

Así que fui al médico, quien después de revisarme y de examinar los latidos de mi corazón con un aparato un tanto maltrecho, me derivó al cardiólogo.

—Probablemente no sea nada del otro mundo, señora. Pero usted ya no es una jovencita, mejor lo estudiamos. —Y me mandó a una clínica.

La sala es un poco oscura, las luces están apagadas. La calefacción está a tope, y eso que, en general, el calor me gusta. Enseguida me quito la chaqueta, la bufanda. Solo hay otra paciente que espera, otra señora atrapada ahí dentro. Tendrá como veinte años más que yo. Me observa con atención; la mirada no es cordial, tiene los ojos impasibles. No consigo quitarme la bufanda, se me ha enganchado en el collar. Qué ridículo. La señora sigue observándome como si entre nosotras hubiese una pantalla y yo fuese un personaje de la televisión. Desengancho la chatarra sintiéndome desordenada, después me siento.

—¿Qué tal es este médico? ¿Bueno?

—No sabría decirle.

Espero un cuarto de hora, o más. La señora también espera, no la llaman. No lee, no hace nada. Ya no me mira, ni siquiera a través de la pantalla.

Y yo, por desgracia, he olvidado meter un libro en el bolso. No veo revistas. Solo algún folleto sobre salud, sobre el cuidado del corazón.

¿Qué trastorno sufrirá esta señora? ¿Tendrá miedo? Estoy tentada de preguntarle, de romper el hielo; al fin y al cabo, solo estamos nosotras dos. Pero eso no se hace.

Aunque en este momento no noto ninguna palpitación, sé que tarde o temprano regresará esa agitación vaga pero preocupante, bajo la piel, donde hay una vena que conecta el corazón con el cerebro.

Nadie le hace compañía a esta señora: ni una cuidadora, ni un amigo, ni un marido. Y temo que intuya que a mi lado tampoco habrá nadie cuando, dentro de veinte años, por un motivo u otro, me encuentre en una sala de espera como esta.

En la librería

Tropiezo inevitablemente con mi excompañero, el único significativo, con el que salí cinco años de mi vida. Cuando lo veo y lo saludo me sorprendo de haber estado enamorada de él. Sigue viviendo en mi barrio, solo. Es un hombre apuesto pero menudo; por la montura de las gafas y las manos ahusadas parece un intelectual valorado, aunque en realidad es un veleidoso, un muchachote quejica de mediana edad.

Hoy me cruzo con él en la librería; suelo verlo aquí a menudo, tiene a gala ser escritor. Escribía sin parar en un cuaderno, a saber sobre qué temas, pero no creo que ninguno de sus textos haya salido nunca a la luz.

—¿Lo has leído? —me pregunta, enseñándome un libro premiado hace poco.

—No lo conocía.

—Tienes que leerlo. —Me mira, luego añade—: Te veo bien.

—Bah.

—Yo estoy hecho polvo, anoche no pegué ojo.

—¿Y eso?

—El coñazo de siempre, los chicos arman mucho jaleo en el bar que hay debajo de casa. Tengo que buscarme otro piso.

—¿Dónde?

—Lo más lejos posible de esta ciudad maltrecha. Pensaba comprarme una casita en la playa, o en la montaña, apartada de la civilización.

—¡No me digas!

No ocurrirá nunca, no le pega nada, es miedoso. Cuando salía con él no hacía más que escucharlo; intentaba resolverle todos los problemas, por pequeños que fuesen. Cada dolor de espalda, cada crisis existencial. Ahora lo miro sin absorber nada de su ansia voraz, de su queja continua.

Era incapaz de ordenar o recordar nada. Poco cuidadoso, al contrario que yo. No revisaba qué había en la nevera, compraba lo mismo dos veces, teníamos que tirar mucha comida estropeada. Casi siempre llegaba tarde, siempre le surgía algún contratiempo; la de veces que nos perdimos la primera parte de una película. Al principio me volvía loca, después me acostumbré; lo quería, así que lo perdonaba.

Cuando nos íbamos de vacaciones juntos siempre se dejaba algo esencial, los zapatos para caminar, una crema protectora, el cuaderno de notas. Se olvidaba de meter en la maleta el jersey grueso, la camisa ligera. Le subía la fiebre a menudo. Visité muchas ciudades sola mientras él se recuperaba en el hotel, donde se quedaba en la cama, durmiendo, pálido, sudado, bajo las mantas. En casa le preparaba caldo, la bolsa de agua caliente, bajaba a la farmacia. Hacía de enfermera, no me disgustaba. Él había perdido a sus padres de jovencito. Decía: «En el mundo solo te tengo a ti».

Cocinaba de buena gana en su casa, dedicaba toda la mañana a hacer la compra, cruzaba la ciudad para prepararle la comida. Recuerdo los absurdos vagabundeos de un barrio a otro en busca de un queso apetitoso, de las berenjenas más relucientes. Llegaba a su casa, ponía la mesa, él se sentaba y decía: «No sabría vivir sin tu sopa, sin tu pollo asado». Me creía el centro de su mundo, esperaba que me pidiera que nos casáramos, lo daba por hecho.

Y un buen día, era abril, alguien llamó al portero automático; pensé que sería él. Sin embargo, era otra mujer, que conocía a mi novio tan bien como yo. Quedaba con él los días en que nosotros no nos veíamos. Durante casi cinco años compartí con ella el mismo novio. Vivía en otro barrio, se enteró de mi existencia por un libro que yo le había prestado y que después él, tontamente, le había prestado a ella, imagínate. Dentro de aquel libro había un papel, el recibo de una visita médica donde constaban mi nombre y mi dirección. Y de repente, aquello que no le encajaba de la relación le quedó muy claro, comprendió que era un amante a medias, comprendió que éramos tres.

—¿Le has dicho que encontraste el recibo y que vendrías a verme? —pregunté, tras haber encajado el golpe.

Era una mujer más bien baja, con flequillo, ojos sensibles, tez cálida. Hablaba sin prisas, su voz era agradable.

—No le he dicho nada, me pareció inútil. Solo quería conocerte.

—¿Quieres un café?

Nos sentamos, nos pusimos a hablar. Sacamos las agendas, comparamos punto por punto el recorrido de nuestras relaciones paralelas: vacaciones, momentos memorables, lumbagos, gripes. Fue una conversación larga, desgarradora. Un intercambio meticuloso de información y datos que desentrañaron un misterio, sacando a la luz una pesadilla en la que participaba sin saberlo. Éramos dos supervivientes, y, así, acabamos sintiéndonos cómplices. Cada palabra suya, cada revelación me lastimaba; sin embargo, mientras mi vida se hacía añicos, me sentía aliviada. La luz menguaba; estábamos hambrientas, y cuando ya no teníamos nada más que decirnos, salimos a comer algo.

En lo más íntimo

Ser solitaria se ha convertido en mi oficio. Se trata de una disciplina, procuro perfeccionarla aunque me cause sufrimiento; por más que esté acostumbrada, me desalienta; será la influencia de mi madre. Ella siempre temió la soledad y ahora su vida de vieja la destroza, a tal punto que cuando la llamo y le pregunto cómo está, se limita a contestar: «Más bien sola». Le faltan ocasiones divertidas y sorprendentes, aunque en realidad tiene muchos amigos que la quieren, una vida social más compleja y ajetreada que la mía. La última vez que fui a visitarla, por ejemplo, el teléfono no paró de sonar. Aun así, la veo siempre a la espera, no sé de qué; el paso del tiempo se ha convertido en su carga.

De niña, incluso cuando vivía mi padre, ella me sujetaba siempre fuerte, no quería que entre las dos hubiese la menor separación. Me cuidaba, me protegía de la soledad como si se tratara de una pesadilla o de una avispa. Fuimos una amalgama desnaturalizada hasta que logré huir para construirme una vida independiente. ¿Era yo el escudo entre ella y aquel espanto, aquel vacío insuperable? ¿Será el miedo a su miedo lo que me ha llevado a una vida como esta?

Hoy las dos estamos solas y sé que en el fondo le gustaría reconstruir esa amalgama y de ese modo aniquilar la soledad; según ella sería la solución ideal para nosotras. Pero como me mantengo firme y me niego a vivir en la misma ciudad, la hago sufrir. Si le dijera a mi madre que me hace bien estar sola y sentirme dueña de mi tiempo y de mi espacio, pese al silencio, pese a las luces que no apago cuando salgo de casa, como tampoco la radio, me miraría poco convencida, diría que la soledad es una carencia y punto. De nada sirven los razonamientos, no la convencen las pequeñas satisfacciones que logro conquistar. A pesar del apego que me tiene, no le interesa mi punto de vista, y es ese rechazo lo que me enseña la verdadera soledad.

En el museo

Pese a encontrarse junto a la estación de tren y, por tanto, la aglomeración perpetua, este museo, mi preferido, está casi siempre vacío. Vengo a menudo a última hora de la tarde, al salir del trabajo; reconozco a los vigilantes que se pasan todo el día en las sillas plegables, hablando entre ellos frente a los mosaicos, los frisos, los frescos, los suelos.

El museo está dedicado a las viviendas de la antigüedad. Fueron excavadas, desprendidas, trasladadas, recolocadas y expuestas al público. Reconstruyeron alguna alcoba, las paredes pintadas de rojo, amarillo oscuro, negro, celeste. Alcobas donde hace siglos otros seres humanos dormían, soñaban, se aburrían, hacían el amor.

La habitación más bonita —pertenecía a la consorte de un emperador— es un jardín pintado en las paredes, lozano, con árboles, flores, cítricos, animales. Se ven granados rotos, pájaros posados en las ramas de los árboles. Es una escena descolorida, fija. Los árboles con sus finas ramas parecen ceder al vientecillo que envuelve el espacio, que sacude la naturaleza, que hace que todo esté paradójicamente vivo.

En el centro de esta habitación hay dos bancos mullidos, de piel negra. Me siento a observar el sol. Atraviesa el techo de cristal y filtra la luz, cambiando los matices de árboles y arbustos. La luz variable aclara y oscurece sin cesar este jardín. Es una escena terrestre que, sin embargo, me hace pensar en el mar, cuando se nada bajo el agua en una mancha azul.

Al cabo de unos minutos, llega hoy a esta habitación una señora elegante, más o menos de mi edad. Probablemente extranjera. Imagino que se encuentra en la ciudad por azar, quizá porque ha decidido seguir a su marido, que ha venido por trabajo y está todo el día ocupado. Tiene un aire resignado, un tanto impaciente. Le toca hacer de turista.

No sabe nada de esta habitación, no se maravilla. Tal vez, en este magnífico espacio, piensa en cuánto ha caminado hoy, en cuánto se ha cansado. Tal vez piensa en la casa que la espera en otro país. Ya echa de menos esa vivienda convencional. Habrá visto unas cuantas iglesias, fuentes, y, a estas alturas, ya no la sorprenden. Su hotel será pequeño; la habitación, o demasiado caldeada o demasiado fría. Seguramente duerme mal por culpa del cambio de horario.

Se sienta en el banco, que es cómodo. Ya no tiene ganas de salir, de consultar otra vez el mapa de la ciudad para encontrar el camino correcto. Tras haber examinado las cuatro paredes con meticulosidad, inclina la cabeza y mira hacia abajo. Se mira los pies hinchados, los zapatos, y reflexiona sobre el recorrido que ha hecho en los últimos días, andando por una vasta ciudad cada vez más sola, aturdida. En esta habitación la belleza no la conmueve, pero aprovecha la ocasión para recobrar fuerzas.

Cierra los ojos, luego se tumba en el banco haciendo caso omiso de mi presencia. Permanece con los ojos cerrados, boca arriba. Y así vive esa habitación, la posee plenamente, franqueando el umbral que siempre he respetado yo.

En la consulta de la psicoanalista

Durante casi un año estuve yendo a una psicoanalista. Vivía en un barrio un poco alejado, que no conocía. El edificio era rosa, de época. En el patio había un sarcófago, muchas plantas, algunas ánforas. La cabina del ascensor era de madera y cristal; las puertas, endebles; el espacio, angosto. El apartamento también era recogido, estaba siempre en penumbra, con los postigos entornados. El diván para los pacientes, de color ciruela, se encontraba justo en el vestíbulo. La habitación tenía pocos metros, era casi un armario de lujo, pero el techo era muy alto y los libros tapizaban de arriba abajo las paredes. Quizá elegí a esa analista por la sencilla razón de que de vez en cuando me gustaba desembocar en aquel patio, subir en aquel ascensor, llegar a aquella habitación.

Me tumbaba en el diván y ella se sentaba en una butaca detrás de mí; me miraba, o tal vez no. Era una mujer guapa, de ojos oscuros, dientes separados. Detrás de la puerta comenzaba la vida que compartía con su familia: la despensa llena de comida, platos sucios por lavar, la ropa tendida en alguna parte. Yo solo conocía la zona dedicada a la cura de sus pacientes: un sanatorio que acogía las angustias de una en una.

Me pedía siempre lo mismo: «Empiece, por favor». Como si cada encuentro fuese el primero, el único. Cada sesión me parecía el íncipit de una novela jamás desarrollada.

¿Qué le contaba? Sueños, pesadillas, tonterías. A veces los arrebatos de mi madre, los numeritos que me marcaron como persona, momentos aterradores de los que ella no guarda el menor recuerdo. Enumeraba los juicios que expresaba sobre mí. Cómo y cuánto me martirizaba. La madre molesta que hoy está delgadísima, la madre entrometida que en su vejez a duras penas se mueve. El padre muerto precozmente, perdido casi a los quince años.

—Últimamente tengo unos sueños horribles —le dije un día.

—¿Por ejemplo?

—Un contenedor cuadrado de vidrio, enorme, lleno de mi sangre.

—¿Cómo sabe que era su sangre?

—No lo recuerdo. Pero era mía.

—¿Qué más?

—Hace unos días soñé con mi cama, estaba llena de insectos negros, pululaban por la sábana.

—¿Dormía entre los insectos?

—Sí, pero cuando me daba cuenta, me levantaba aterrorizada. Y eso que al mirarlos bien tenían su gracia, unos ojos simpáticos, casi humanos, un detalle que me tranquilizó.

—¿De modo que la imagen de la sangre, en ese contenedor de vidrio, fue el sueño más estremecedor?

—Creo que sí.

En cada sesión había que contar algo positivo. Por desgracia, mi infancia no ofrecía demasiada inspiración. Así que hablaba del balcón de mi casa cuando brilla el sol, mientras desayuno. Y le hablaba del placer de estar al aire libre, de aferrar con la mano un bolígrafo caliente y de escribir tal vez un par de líneas.

En el balcón

Yo también le hago de psicoanalista a una amiga mía. Es una mujer de unos cuarenta años, como yo, pero vive siempre con prisas, sin aliento. Tiene todo lo que a mí me falta: marido, hijos, infinitos compromisos, una segunda casa en el campo. Es decir, la vida realizada que mis padres esperaban para mí. Mi amiga trabaja mucho, ocupa un puesto prestigioso que la obliga a recorrer el mundo. Va al aeropuerto por lo menos una vez al mes y deja a su familia. Siempre tiene la maleta preparada, con una caja de tranquilizantes porque le da miedo volar. La atormenta el sentimiento de culpa pero no afloja, no para nunca.

Viene a verme de vez en cuando. Tengo la sensación de que para ella mi casa espartana es un escondite. Le preparo una taza de té. «Solo aquí —me dice— consigo respirar tranquila. No se oyen ruidos, no se ve ropa tirada por todos los rincones.» Admira mi mesita de cristal con pilas de libros, alguna piedra encontrada en la playa.

Me dice: «En mi casa no consigo remolonear. Siempre hay algo que hacer, no me puedo sentar un segundo en el sofá, despreocupada. La mesita está siempre patas arriba, cada vez que la veo me hundo. Además, cuando duermo no disfruto de esa casa. Y eso que gastamos un montón en arreglarla. ¿Sabes que con un rinconcito me conformaría? Añoro una casa recogida como la tuya».

Tenía una así antes de casarse. Me la describe: el cuarto de estar era pequeño, el dormitorio daba al patio, por la mañana el sol acariciaba la alfombra. Daban igual la calle ruidosa, la calefacción escasa. Un día me confesó que, pese al miedo a volar, le gusta su refugio a bordo, el asiento que se transforma en cama, la lámpara a su espalda, la existencia al alcance de la mano.

Hoy está intranquila, fuma un cigarrillo. Nos sentamos en el balconcito, caben dos sillas metálicas. Me cuenta que acaba de regresar de un largo viaje al extranjero, y que se ha encontrado un librito firmado por su hija menor. Cuenta la historia de una niña que echa de menos a su mamá y se siente abandonada. Comienza así: «Había una vez una niña que siempre se sentía sola, todas las noches antes de dormirse lloraba porque su mamá casi nunca le daba las buenas noches».

Me enseña el librito. El cuento está escrito a lápiz, ilustrado con esmero, la madre dibujada con cabello corto y oscuro como el de mi amiga, una bufanda al cuello, los labios pintados, la maleta preparada. En el fondo se ve un taxi, a punto de llevársela.

—¿Me lo puedes guardar? —me pregunta.

—¿Por qué?

—Porque lo ha escrito expresamente para mí, es mío, me siento obligada a guardarlo, no quiero que se pierda. Pero no me fío de mi casa, allí no se encuentra nada, ni siquiera me encuentro a mí misma. Además…

—¿Además?

—No quiero que lo vea mi marido.

Guardo el librito y le digo:

—Ya me encargo yo. —Luego añado—: Pero te quedarás por aquí una temporada, ¿no?

—Me marcho otra vez la semana que viene. Es una época intensa, espero estar más tranquila en verano.

Sin embargo, luego me habla de la familia de su marido, de las vacaciones con ellos que tendrá que soportar en agosto para celebrar un aniversario importante de sus suegros.

—No me veo con ánimos de ir, después de tres días con ellos empiezo a desvariar.

Estoy a punto de preguntarle: «Pero ¿no te pasa lo mismo con tu marido, con tus hijos, con la casa? ¿No es eso por lo que viajas siempre, por lo que huyes dos veces al mes?».

No le digo nada, quiero a mi amiga, permito que se desahogue. El sol pega fuerte y bajo el jersey me quema la piel.

En la piscina

Dos veces por semana, siempre por la noche, voy a la piscina en vez de cenar. Allí, en ese contenedor de agua transparente, sin alma y sin corriente, veo a las mismas personas, a las que, en cierto modo, me siento unida. Sin ponernos nunca de acuerdo, coincidimos: también eligen ese horario, esos días de la semana para huir del fastidio de la vida.

Ahí está la señora mayor coja que anda con bastón. El espacio se parece a un anfiteatro y a ella le cuesta bajar del vestuario hasta el borde de la piscina. Entra por la escalera y nada siempre sin meter la cara en el agua. A su lado está el chico calvo que se zambulle y durante más de una hora nada sin parar, hace unas volteretas potentes y se impulsa hasta el centro antes de salir a la superficie. La piscina es muy grande, hay varias calles y casi siempre estamos al completo; somos ocho. Ocho vidas separadas que comparten esa agua sin cruzarse.

Yo tardo unos cuarenta, puede que cincuenta minutos en cansarme. No soy especialmente buena, no sé dar la vuelta debajo del agua, nunca he aprendido a hacer el viraje. Probablemente me inquieta la idea de encontrarme debajo del agua en posición supina. En cambio nado un estilo libre débil pero decente, como suelo hacer todo.

En el agua me encuentro muy lejos de mi existencia. Los pensamientos se funden, fluyen sin obstáculos. Todo —el cuerpo, el corazón, el universo— me parece soportable dado que estoy protegida por el agua y nada me toca. Me concentro en el esfuerzo, solo en eso. Debajo de mi cuerpo, observo el juego de luces que proyecta en el fondo un claroscuro inquieto, que se expande como humo. Me envuelve un elemento revitalizador en el que mi madre no sabría sobrevivir.

Ella fue la que me llevó a la piscina cuando yo era pequeña. Me esperaba, me vigilaba desde arriba, sentada, siempre levemente angustiada, mientras yo aprendía a flotar, a respirar, a patalear. A diferencia de mi madre, el agua me cubre sin ahogarme. Tal vez, por un instante, se me mete una gota en el oído, en la nariz, pero el cuerpo resiste. Sin embargo, la natación me limpia por dentro.

El caso es que en el vestuario, mientras las otras mujeres hablan entre ellas, suelen llegarme historias muy duras, historias tremendas compartidas mientras se duchan, mientras se quitan los trajes de baño, mientras, en posturas desmañadas y retorcidas, se afeitan las piernas, las axilas, las ingles.

Un día, una madre joven, como respuesta a una señora que le dijo simplemente: «Cuánto tiempo sin verte», habló de su hijo con cáncer, un crío de dieciocho meses ya con un par de operaciones encima, los viajes para ir a un hospital mejor, el tratamiento devastador, la recuperación siempre precaria.

Unos días después, la persona de la que se hablaba era el hijo adulto de otra señora al que las dos mujeres conocían: había tenido un accidente cuando se encontraba de vacaciones con su familia, un resbalón banal; ahora estaba paralizado y probablemente no volvería a andar.

—Es tremendo —dijo la señora antes de encender el secador y ocuparse de sí misma.

Hoy, una señora de unos ochenta años, que viene a nadar cuatro veces por semana, comparte un recuerdo que nos impresiona: tiene miedo al mar por culpa de una ola enorme que la derribó y la arrastró cuando era joven.

—Estuve a punto de ahogarme —dice, todavía incrédula—. Cuando quedé tirada en la arena me salía agua por la nariz, la boca, las orejas, tenía los brazos cubiertos de raspaduras.

Estaba nadando con una tía suya que, al verla asustada, la había agarrado de la mano, pero aquella ancla humana no había hecho otra cosa que causarle más daño; habría sido mejor ahogarse sola.

Intento imaginármela de joven pero no es fácil: tiene el cuerpo deformado, encorvado, tachonado de lunares. Se viste, se peina, vuelve a colocarse unos anillos en los dedos, incluida la alianza.

En este ambiente húmedo, oxidado, en el que nosotras, las mujeres, nos vemos desnudas y mojadas, en el que nos enseñamos las cicatrices de los pechos y el vientre, los moretones de los muslos, los lunares de la espalda, se habla de la mala suerte. Nos quejamos de los maridos, de los hijos, de los padres que envejecen. Desvelamos pensamientos prohibidos sin sentirnos culpables.

Mientras absorbo las pérdidas, las desgracias, me doy cuenta de que el agua de la piscina no es tan transparente. Sabe a dolor, a angustia, está contaminada. Y una vez que salgo me invade una agitación imprecisa. Todo ese sufrimiento no resbala y se va como el agua, sino que de vez en cuando se mete en la oreja, es más, anida en el alma, penetra en cada rincón del cuerpo.

La señora cierra el bolso y se despide cordialmente, pero antes de salir, mientras me seco después de ducharme, me dice:

—¿Sabes que en el armario tengo mucha ropa que a ti te quedaría bien? ¿Te la traigo la próxima vez? —Y añade sin ironía—: Hace siglos que ya no tengo vida.

En la calle

Los veo en un cruce, entre multitud de peatones que esperan en el semáforo: son mis amigos, los que viven a la vuelta de la esquina, el hombre simpático con el que me topo de vez en cuando en el puente. Me doy prisa para alcanzarlos y saludarlos, pero advierto que discuten. La calle es ancha, reina el alboroto. No se oye nada pero ellos consiguen hacerse oír. Hablan a la vez, las frases se solapan, por lo que no se entiende de qué se trata. Después destaca la voz de mi amiga: «No me toques, me das asco».

Empiezo a seguirlos. No entro en la tienda a la que debía ir, no es urgente. Cruzamos todos juntos la gran avenida. Él, apuesto, larguirucho; ella con el pelo largo, un tanto desgreñado. Lleva un abrigo rojo intenso, de silueta ovoide.

No hacen caso a nadie, no se avergüenzan del escándalo que montan en público, como si estuvieran en medio de la nada, en una playa desierta o encerrados en una casa particular. Impresiona su altercado cáustico, explosivo. En esta ciudad, en este trajín solo existen ellos dos.

Ella está enfurecida y él, al principio, le suplica. Después él también estalla, irritado, tan enardecido como ella. Resulta casi indecente un intercambio tan íntimo delante de todos. Las palabras hirientes parecen algo físico que pincha el aire, que impregna el cielo azul ennegreciéndolo. Además, me llama la atención la cara un tanto malvada de él.

En el siguiente cruce, la mujer le dice:

—¿Ves a esos dos?

Le señala a su marido una pareja mayor. Van de la mano, caminan con pasos medidos, en silencio.

—Esperaba que nosotros también llegásemos a ser como ellos, ¿has entendido?

Ellos tampoco son jóvenes, aunque se comporten como niños. Después de cruzar la avenida grande, nos encontramos en una calle menos concurrida. No dejo de seguirlos de cerca. Y así, siguiéndolos, poco a poco consigo desentrañar el origen de la discusión.

Habían ido al colegio de la hija, al concierto de final de curso; después se habían tomado un café. Tras el café, ella quería volver a casa en taxi, pero a él le apetecía caminar. Él le había propuesto llamar un taxi para ella y regresar andando solo. Y esa propuesta la había ofendido hasta el punto de perder la cabeza.

Ahora le dice que al comienzo de su relación, cuando él estaba profundamente enamorado de ella, nunca habría ocurrido nada parecido.

—Es una mala señal —dice.

—Desvarías —contesta él, cortante—. Lo que dices no tiene sentido.

—Claro, tú ya vas a lo tuyo. Lo nuestro ya no tiene remedio.

Tras esta declaración, ella se echa a llorar. Él sigue andando unos pasos por delante. Pero en el cruce siguiente se detiene, y ella lo alcanza.

—Pero ¿por qué no querías ir a casa andando y disfrutar de este sol?

—Llevo zapatos nuevos, me aprietan.

—Podías habérmelo dicho.

—Podías habérmelo preguntado.

Los dejo ahí, tras haber oído demasiado.

En el salón de belleza

Por lo general, me resisto a los tratamientos corporales; no me atrae la perspectiva de tumbarme en una cabina con los ojos tapados, con el cuerpo cubierto de barro. Llevo el pelo largo, las canas todavía no se notan demasiado, de modo que basta con una tarde en la peluquería cada tres meses para tener un buen corte. Prefiero hacerme la cera en casa, sola, mientras veo en la tele alguna serie vulgar. La única distracción que me concedo, dos veces al mes, siempre en domingo, es una manicura, lo que me obliga a no hacer absolutamente nada durante una hora. Nada de llamadas telefónicas, SMS, nada de hojear el diario o una revista estúpida.

Me siento frente a una mujer, casi nunca la misma. Las manicuras están en fila, como nosotras, las clientas, detrás de un mostrador largo y estrecho. Hay un espejo igual de largo que desdobla esta escena, esta operación precisa: quién sabe cuánto se aburrirán ellas mientras nosotras, las clientas, nos relajamos. Todas las mujeres provienen del mismo país y mientras se ocupan, diligentes, de nosotras, hablan sin parar en su lengua —me pregunto siempre de qué.

Hace poco llegó una chica muy guapa. Las otras parecen agotadas, casi todas tienen sobrepeso, las caras redondas, los labios deformados. Pero esta es estupenda, refinada, con el pelo oscuro recogido, raya en el medio, pómulos altos. Todas llevan una bata de algodón que ella luce como si fuera un traje elegante cosido expresamente a su medida. Yo me siento más como las otras, un tanto desaliñadas. De vez en cuando la miro de reojo; es demasiado guapa, tiene unos rasgos exquisitos. Y después de mirarla, me miro también en el espejo y, por enésima vez, me doy cuenta de que tengo una cara que siempre me ha decepcionado. Cada mirada me cuesta, por eso tiendo a evitar los espejos.

Hoy entro sin cita previa, tengo prisa, solo quiero que me quiten el esmalte. La semana pasada andaba alicaída y elegí un esmalte oscuro, de sirena, pero al cabo de un par de días se me empezó a saltar.

—Buenos días, señora. ¿Hacemos una manicura? —me pregunta la dueña del salón.

—Hoy tengo prisa. ¿Cuánto cuesta quitar el esmalte?

—Nada. Usted es clienta habitual, con que le dé propina a la chica será suficiente.

Y me encuentro delante de la muchacha guapísima. Es seria, me recibe sin sonreír, de inmediato se pone a analizar mis uñas como si fueran suyas.

No es expeditiva como las otras. Le doy las manos, ella las aferra y por un momento quedamos así unidas. Sonríe, se divierte, disfruta de su trabajo. Durante todo el rato, aunque sigue concentrada, habla con una de las mujeres que tiene al lado sin levantar nunca la cabeza. Me quita el esmalte por completo, pero no quiero que termine.

—Oiga, he cambiado de idea, ¿me las podría pintar?

—Claro que sí.

Sigue arreglándome las uñas. Elimina con delicadeza las cutículas, veo el montoncito que se acumula, son esquirlas muertas de mí misma. Después, satisfecha, me pone una crema blanca, espesa, y me envuelve las manos en una toalla caliente y mullida. No me miro en el espejo mientras ella se dedica a perfeccionar una pequeña porción de mi cuerpo. No quisiera echar a perder este momento, este contacto nuestro; quisiera disfrutar de su atención y nada más, por eso trato de mirarla solo a ella, sabiendo que pese a estar unidas estamos separadas. Durante unos veinte minutos esta mujer entre el espejo y yo me protege de mi imagen, de mi aflicción, de modo que, al menos por esta vez, yo también me siento guapa.

Tiene la voz grave, este idioma en su boca no suena estridente. En un momento dado se detiene y admira uno de mis anillos.

—¿Marido?

—No estoy casada.

Se ríe, no dice nada más. Tiene unos bonitos dientes blancos. ¿Por qué ríe? Su risa, un punto maliciosa, me deja perpleja. Al final me pone un esmalte rosa, casi transparente. Las uñas me han quedado bien, pero las suyas, limpias, me gustan más.

En el hotel

Tengo que pasar tres noches fuera para asistir a un congreso. El hotel está repleto, sitiado por mis colegas. Me resulta tediosa esta obligación anual: el mismo congreso, las mismas personas. Lo único que cambia es la ciudad donde se organiza, y por lo tanto el hotel.

Este año, en cuanto entro ya tengo ganas de marcharme. Me siento deglutida por el vestíbulo, por el hall inmenso. Me siento minúscula bajo el techo altísimo. Es un hotel feo, ruidoso, muy grande. La estructura me parece un aparcamiento de seres humanos, con balcones curvos que se proyectan hacia arriba. Se distribuyen alrededor del hall, un abismo con sitios donde beber, donde comprar zapatos, bufandas, bolsos caros.

Por todas partes se ven otros grupos, sobre todo de hombres vestidos de gris que forman rebaños, que ríen con demasiada frecuencia, demasiado alto. Sus carcajadas resuenan y llenan el abismo, son un clamor que no termina nunca.

Mi habitación, por suerte, no da al abismo colectivo. Para llegar a ella, me explica el recepcionista, hay que andar bastante; después, seguir un pasillo enorme hasta el ascensor. Empleo cinco minutos solo en llegar.

La habitación está abarrotada de objetos: vasos, botellas de agua, un hervidor, tacitas, sobres de té, feas carpetas de piel, revistas, información sobre el hotel y la ciudad escrita en varias hojas dobladas. No hay espacio libre. No consigo apoyar nada, en este desorden es imposible identificar mis cosas. Afortunadamente, el armario está vacío, salvo por la plancha y el albornoz blanco. Abro la maleta y cuelgo algún vestido.

Solo espero a que pasen estos tres días, estas tres noches infernales. De día estaré ocupada, encerrada en alguna sala escuchando discursos y presentaciones. Me limitaré a seguir el programa. Y por la noche, ya sé que no conseguiré dormir en esta habitación de la que no tendré escapatoria. Esta habitación desgraciada me hará odiar el mundo. Si pudiera, lo tiraría todo, me tiraría a mí misma, estoy en la duodécima planta, pero la ventana no se abre.

El único consuelo en estos días: un señor alojado justo al lado. Debe de ser un estudioso, tiene un aire sensato, como de estar en otra parte, lejos de este ambiente. Su cuerpo es menudo; el pelo, blanco, rizado y abundante. Me parece un hombre equilibrado pero, al mismo tiempo, da la impresión de sentirse siempre incómodo; probablemente sea de los que reflexionan demasiado sobre las cosas. Sin embargo, sus ojos son tiernos y grandes, marcados por un no sé qué.

Cuando me ve, sonríe en vez de saludarme en voz alta. Me mira con entusiasmo, siempre con corrección, mientras esperamos el ascensor, mientras nos enfrentamos juntos a la mañana. Pero su mirada atenta me dice: «Señora, sé que usted no se encuentra a gusto aquí». No trata de tranquilizarme, sino solo de hacerme entender que me entiende.

Su comportamiento me llena de curiosidad, hojeo el programa de la conferencia para saber cómo se llama. Es un conocido filósofo, autor de muchos libros, huido de otro país, perseguido durante mucho tiempo por un gobierno opresor. Habría asistido a su conferencia pero, por desgracia, debo participar en una mesa redonda. Ahora bien, me parece que, en el fondo, el filósofo discreto es una persona vivaracha, divertida incluso, que se oculta tras su aspecto esquivo.

¿Cómo me verá? ¿Como una mujer de mediana edad, un tanto nerviosa, que se aburre en un congreso como este?

Al final del día subimos juntos, él y yo, y antes de abrir la puerta de su habitación me da las buenas noches, siempre amable pero sincero, siempre con la mirada y una inclinación de la cabeza. Oigo sus pasos mientras se cambia, mientras se relaja como al final de una jornada campal, mientras se cepilla los dientes. Pienso en él tirado en una cama igual a la mía, en una habitación igual de fea. Solo a esta hora se revela otro aspecto suyo: habla mucho rato por teléfono, velozmente, con vehemencia, en una lengua extranjera. ¿Será su mujer? ¿Un amigo? ¿Su editor? Su presencia me apacigua sin sobresaltos sexuales, no se trata de eso. Pienso en la mirada melancólica, insatisfecha, en los ojos encendidos pero distantes, a punto de cerrarse durante seis o siete horas.

Al día siguiente abrimos nuestras puertas y salimos juntos, bajamos juntos antes de separarnos. Nos esperamos sin ponernos de acuerdo todas las mañanas y todas las noches, y durante tres días, nuestro vínculo tácito me reconcilia oscuramente con el mundo.

En la taquilla

Una tarde lluviosa camino por una calle larga flanqueada por tiendas. Adelanto a grupos de personas que han decidido detenerse unos instantes frente a los escaparates: familias, maridos y mujeres, parejas de adolescentes, turistas. Un conjunto de señoras elegantes; se nota que son amigas del alma. Se divierten pese a la lluvia, se permiten el capricho de unos pastelillos pese a estar siempre a dieta, aprovechan las rebajas. Antes esta era una travesía refinada; ahora solo hay tienduchas, de las que se ven en cualquier aeropuerto del mundo.

Esta tarde me siento la única persona con un objetivo concreto. Sigo andando bajo el paraguas grande, tenso. No sopla el viento.

Al final de la calle hay un teatro magnífico, una construcción decimonónica, una de las pocas joyas de esta ciudad maltrecha. En la taquilla no hay nadie haciendo cola. Pido el programa de la próxima temporada, acabado de imprimir. Recibo un folleto delgado, de papel liso. En vez de irme a casa a examinarlo con calma, me quedo ahí, de pie, delante de la ventanilla. Me informo sobre los espectáculos que llegarán en otoño, en invierno. El empleado, un chico joven, me permite consultarlo todo despacio.

Señalo con bolígrafo una serie de óperas, sinfonías, ballets que me atraen. Reconozco a algún intérprete, algún músico. Analizo el plano del teatro, la distribución de localidades, el palco, las butacas. No tengo un sitio fijo, prefiero cambiar cada vez que vengo y disfrutar de los conciertos desde distintas perspectivas. Reflexiono sobre las opciones y me atraen algunas sesiones tanto antes como después de cenar. Así cada ocasión será levemente distinta. Sé que una vez adquiridas, las entradas no se pueden cambiar. Comprarlas me parece un acto de fe, incluso un gesto descarado, arriesgado. Me angustia y, al mismo tiempo, me hace sentir intrépida.

Así lleno mi agenda, la que me compro al final de cada año siempre en la misma papelería, de la misma medida y el mismo grosor. Libretas de distintos colores que, inevitablemente, con los años se repiten: azul, rojo, negro, marrón, rojo, azul, negro y así sucesivamente. He aquí la colección poco variada de mi vida.

Hago la lista de los espectáculos para los que me gustaría reservar.

—¿Siempre una sola entrada? —me pregunta el empleado.

—Sí.

¿Cómo me sentiré a las 20.30 del 16 de mayo del año que viene? Imposible saberlo. Prosigo con la esperanza de regresar aquí, de tener la entrada en la mano, de llevar un bonito vestido, de sentarme en una butaca cómoda.

Fue mi padre, empleado de ventanilla en una oficina de correos, quien me llevó a conocer el teatro. Le apasionaba, mientras que mi madre no iba nunca.

Una vez había reservado entradas para un espectáculo en una ciudad situada apenas al otro lado de la frontera. Le apetecía mucho llevarme para celebrar con antelación mi cumpleaños.

—No se celebra antes, trae mala suerte —había dicho mi madre.

Pero el día de mi cumpleaños —estaba a punto de cumplir quince— ese espectáculo ya no estaría en cartelera. De modo que habíamos comprado los billetes de tren, hecho las maletas y preparado los documentos.

La víspera de nuestra partida mi padre se indispuso, tenía mucha fiebre. Parecía griposo, pero no podía levantar la cabeza. Estuvo unos días ingresado. Le había entrado una bacteria peligrosa en la sangre, por eso en lugar de ir con él al teatro me encontré en la capilla ardiente. En lugar del largo viaje en tren, el hotel, el espectáculo, el engranaje del luto. En el funeral, una tía mía un poco borracha, me dijo: «No hay modo de huir de lo imprevisto. Se vive día a día».

Pago en efectivo, el empleado me da el cambio. Se me cae una moneda, pero no al suelo; habrá ido a parar dentro del paraguas. Pero el paraguas es profundo, y está mojado; no tengo ganas de meter el brazo ahí dentro para hurgar entre las varillas.

Detrás de mí hay un grupo de gente mayor. Quieren ver el teatro, dentro de quince minutos comienza una visita guiada. Esas visitas siempre me han parecido una tontería, pero fuera llueve a cántaros, por eso yo también saco una entrada. Cuesta muy poco. Me uno al grupo y por primera vez conozco la historia de ese lugar que me remite a mi padre. La guía nos explica la forma del teatro, el estilo del telón, el detalle de que detrás del bonito fresco del techo hay un vacío. Nos dice el nombre del rey que lo encargó hace dos siglos, la fecha del incendio que destruyó una gran parte.

Me encuentro con personas que admiran el teatro como si fuese una catedral, que hacen preguntas: ¿dónde están los planos originales del teatro? Después del incendio, ¿lo reconstruyeron de forma distinta? Como está lloviendo, somos muchos. El palco es amplio, está desordenado. Un par de operarios arreglan algo; mientras tanto, clavan, martillean.

En un momento dado nos reagrupamos en el palco real, el cénit de la visita. Y de pronto me desanimo, me siento mal dentro de este grupo turístico, ¿quién me mandará a mí meterme en esto? Algunas personas posan en el palco real, un espacio antes prohibido, exclusivo, que ahora, a cambio de unas monedas, acoge a cualquiera durante unos minutos. Un señor le hace una foto a su mujer como si fuera una reina. Intento apartarme pero hay poco sitio, es demasiado tarde. Me pillan, me enfocan, cómplice, sobrante.

Al sol

Hoy hay manifestaciones en el centro y los helicópteros sobrevuelan desde primera hora de la mañana. Pero es el sol el que me despierta, el que me lleva al escritorio donde me pongo a escribir en bata, y luego a la plaza donde me recibe el tierno alboroto del barrio.

Es un sábado esplendoroso, el primer día cálido, se ven pocas botas por ahí, cazadoras desabrochadas, ampollas en los talones de muchachas en chanclas de goma que, desesperadas, se han quitado las nuevas bailarinas punitivas. Pese a ser sábado, no falta aquí y allá un toque de elegancia: el tono vivo de una chaqueta, una bufanda intensa, el corte sucinto de un vestido. La escena parece una fiesta espontánea, la plaza transformada en una playa por donde flota una sensación de ebriedad, de bienestar. Las tiendas están repletas de gente, largas colas en los cajeros automáticos, en la carnicería, en la panadería, pero nadie se queja, al contrario. Mientras espero a que me sirvan un bocadillo para llevar oigo a una señora que declara, orgullosa: «Hace un día estupendo». Y el señor que hay detrás de ella replica: «Este barrio siempre es estupendo».

Me toca a mí pedir el bocadillo.

—Ya verás qué bueno va a estar —me dice el hombre desde detrás del mostrador, que me conoce de toda la vida, y me prepara el mismo bocadillo al menos tres veces por semana—. Hoy te lo hago rico, rico.

Introduce la mano en el cubo apoyado en el mostrador, pesa dos trozos de queso, los mete dentro del pan, lo envuelve, me da el tíquet.

—Aquí tienes, guapa.

Me sale baratísimo. Busco un sitio y me siento en el parque infantil donde por la noche se trapichea pero que a esta hora está a rebosar de niños, padres, perros, incluso un par de solitarios como yo. Sin embargo, hoy no me siento en absoluto sola. Oigo esta babel de conversaciones y me asombra nuestro impulso por expresarnos, por explicarnos, por contarnos el uno al otro. El simple bocadillo de fe me asombra de igual manera. Mientras me lo como deleitándome al sol me parece un alimento sagrado, y sé que este barrio me quiere.

En mi casa

Una vieja amiga viene a visitarme, hace mucho que no nos vemos. La conozco desde que éramos niñas, era una de mis compañeras del colegio; después fuimos al mismo instituto del centro, a la misma universidad, tras lo cual ella se marchó a vivir a otro país del que no regresa a menudo. Se casó hace unos años, después de estar sola una larga temporada. Tiene una hija. Dio señales de vida hace poco para decirme que vendría a la ciudad a pasar una semana de vacaciones. Tiene muchas ganas de presentarme a su familia.

Vienen a tomar el té, y en la mesa he puesto una bandeja de pastelillos que he bajado a comprar esta mañana. Su hija es una niña de dos años. Va a la sala, se divierte tranquilamente, en silencio, mientras los adultos tomamos el té. Luego, mi amiga sienta a la niña en el sofá, le da unos juguetes, unos libros, y le dice:

—No se toca nada, cariño.

Su marido —esmirriado, diría que unos años más joven que ella— habla de su apretado programa: exposiciones que ver, monumentos que visitar, personas con las que quedar.

—Mi mujer hizo especial hincapié en reservarse un momento para ti —me dice.

Es investigador, escribe libros, se ve que está acostumbrado a sentar cátedra, aunque me recuerda a algunos de mis alumnos precoces. Se crio en varios países, dice; su padre era diplomático. Me parece un señorito altanero, ni siquiera guapo, tiene los ojos pequeños, la boca tensa. La ciudad no lo fascina, al cabo de dos días no soporta la informalidad que lo rodea. Dice:

—Qué follón, qué suciedad, no entiendo cómo la gente puede vivir aquí.

¿Qué habrá aprendido del mundo después de haber vivido en tantos países?

Se come casi todos los pastelillos que yo había elegido para la pequeña. La niña prefiere unas galletas secas e insípidas que han traído del extranjero en la mochila.

—Llevamos siempre un paquetito —dice mi amiga—, así la niña se siente en casa.

Su marido elige los pastelillos más cremosos, pegajosos, con mermelada por dentro y chocolate por fuera. Luego dice:

—Esta noche nos saltaremos la cena y daremos un largo paseo, habrá que digerir esta comida tan pesada.

A lo mejor yo tampoco le caigo bien. Probablemente no consigue entender el motivo por el que su mujer, una persona tan dulce y alegre, ha entablado amistad con una arisca como yo. «¿De veras es ella esa amiga simpática de la que me hablabas? —le preguntará más tarde—. ¿Y cómo era antes?» A mí también me apena que mi amiga se haya casado con una persona insolente, o eso me parece. Sin embargo, ha tenido con él una niña tranquila.

De repente, él se levanta de la mesa y se pone a examinar los estantes, todos mis libros, mi vida, se podría decir. No me gusta su mirada sobre esos volúmenes, me pone nerviosa. Elige uno, lo abre, lee un párrafo mientras su mujer se ocupa de la niña, que quiere hacer pis. Es un libro de poemas, una edición descatalogada que descubrí un domingo en un mercado de segunda mano y que compré después de regatear mucho.

—¿Interesante?

—En mi opinión, sí.

—Hace tiempo intenté leer a este mismo autor y lo dejé al cabo de dos páginas, no podía más.

—Pues a mí me gusta, lo considero uno de los grandes.

—¿Me prestas el libro?

Es más una afirmación que una pregunta. Y sin dudarlo, contesto:

—Lo lamento, pero vosotros estáis de paso, a saber cuándo nos volvemos a ver.

Me mira con desprecio pero sin replicar. Coloca el libro en su sitio. Me siento miserable pero no quiero prestarle mi libro a este tipo, no puedo.

Mi amiga regresa y noto que sus ojos verdes y un tanto alucinados no brillan como en otros tiempos. Pasamos a otra cosa. Después, con un poco de prisa, dicen que deben marcharse; tienen otra cita.

Me despido; habría preferido verme con mi amiga sin su marido. Ha hablado él casi todo el tiempo.

—¿Nos llamamos? —me pregunta ella, ya en el ascensor, con la niña sosegada en brazos—. ¿Nos vemos un día tú y yo?

—Cuando quieras —contesto. Pero sé que estarán muy ocupados, que no ocurrirá.

Ordeno la casa, guardo los pastelillos sobrantes en una caja de hojalata, así podré saborearlos con el desayuno el resto de la semana. Voy a revisar el libro que él hubiera querido llevarse. Espero que la cubierta no tenga manchas de mermelada, de chocolate. Pero no, por suerte, no ha dejado rastros. Seguramente habrá pensado: «Esta mujer tiene miles de libros y es incapaz de prestarme siquiera uno». Pero para mí este es un libro preciado, y creo que él sería incapaz de captar el sentido de una sola palabra.

Regreso a la sala, voy a sentarme en el sofá donde estuvo sentada la niña y veo que con un bolígrafo que yo había dejado en la mesita, al lado de una pila de libros, ella dibujó en el respaldo de piel blanca una línea fina, continua, sin meta.

Fue él quien guardó los juguetes en la mochila. Sin duda habrá visto el sofá, el respaldo, esa línea que antes no estaba. Pero no le dijo nada a la niña, ni a mí. Me besó, se despidió, me dio las gracias por el té.

La línea me parece un cabello largo, inocuo pero intolerable. Parece una raya a la deriva. No consigo quitarla restregando con los dedos. Por más que intento quitar la mancha no logro desembarazarme de ella. Compro unos cojines, luego una manta para ocultarla. Pero no funciona, los cojines no se quedan en su sitio, la manta se desliza, por eso ahora prefiero leer en otra butaca.

En agosto

En agosto mi barrio se vacía: como una señora anciana, en otros tiempos deslumbrante, se deteriora antes de apagarse casi por completo. Hay quienes se quedan expresamente, se enclaustran de buena gana, no se ven con nadie. Otros no soportan esa época desgarrada, el cierre violento. Se deprimen, se van. Este mes no me gusta especialmente, pero tampoco lo detesto.

Al comienzo disfruto de la paz, saludo a los vecinos de mi casa que siguen por aquí y salen tan tranquilos en chancletas como si se encontraran en un lejano pueblecito de playa. En las tiendas que siguen abiertas, en el bar, hablamos de nuestros planes, de las vacaciones inminentes. Decimos: «Qué bien eso de poder aparcar en cualquier parte, cruzar la avenida casi siempre caótica con los ojos cerrados. Qué maravilla, la plaza despejada». Después, de golpe, todo queda atenuado, ahogado por el silencio, la inercia, y nos percatamos de una falta de actividad paradójicamente agotadora.

Desde hace unos días los bares han cerrado, ni siquiera podemos tomar un café fuera de casa. De todos modos, al final de la mañana bajo a hacer la compra: solo quedan dos puestos abiertos, poca cosa. La comida me parece fláccida y cara, cocida por el sol. Los vendedores son estatuas bajo los toldos blancos, personajes mudos y desganados en una puesta en escena estática. No son mis preferidos. Aquellos a los que suelo comprar y me hacen buenos descuentos están fuera. Estos dos son unos listillos, piden demasiado dinero a los turistas que, pese al clima tórrido, el aire lúgubre, visitan la ciudad un par de semanas y alquilan uno de los apartamentos de los habitantes de la plaza que ahora están en una barca en la playa, o en la montaña, o en el extranjero.

Salvo en el mercado, imposible gastarse el dinero. Todas las tiendas están de vacaciones, han bajado las persianas no por defunción sino por diversión, en las puertas se ven carteles exuberantes escritos a mano con signos de admiración; desean felices vacaciones, anuncian las fechas de reapertura. Sin embargo, este año hay una novedad: uno de mis vecinos, un treintañero algo desgreñado, ha decidido vaciar su casa. Vive en un sitio especial: un local originariamente comercial, con persiana metálica en lugar de puerta o ventanas.

Se pasa todo el día en pantalón corto —tal vez le sirva también de pijama—, sentado en un taburete colocado en el callejón, cerrado al tráfico. Aquí solo se puede estacionar o bien hacer maniobra y salir. Al lado del taburete hay dos o tres mesas plegables en las que ha expuesto una serie de objetos útiles e inútiles: floreros, cubiertos, revistas, libros científicos, cuencos de cerámica pintados a mano pero mellados, tacitas desteñidas, juguetes, bibelots de todo tipo. Zapatos de mujer, bonitos pero gastados. Bolsos de fiesta forrados de seda desvaída, algo sucia. Un feo abrigo de piel jaspeada colgado de una percha, fuera de temporada, fuera de lugar.

El muchacho ha colocado los libros en un mueble de cocina un poco torcido, y la bisutería encima de una mesa cubierta con un retal de terciopelo. La vajilla está dispuesta con delicadeza sobre la misma mesa. Pienso en cuántas comidas habrán conocido esos cubiertos debilitados, cuántos ramos de flores habrán llenado esos floreros antes de languidecer. La mercancía varía ligeramente a diario, y él hace una nueva criba. «Todo por poco», se lee en un papel. Cuando pregunto, casi todo tiene el mismo precio.

Por la tarde, antes de almorzar, el muchacho mete dentro todos los objetos, baja la persiana y se va, probablemente a la playa. A la mañana siguiente reaparece. En su casa entreveo un rincón oscuro: un batiburrillo desordenado y polvoriento, el origen de la venta.

Lo saludo todos los días, me detengo, me pongo a hurgar un rato. Temo ser descortés si no lo hago. Al mismo tiempo, aunque ha sido él quien ha sacado estos objetos, me siento indecisa, entrometida. Temo que no sea correcto tocar sus cosas, desearlas, comprarlas.

Me llama especialmente la atención un retrato pintado sobre tela, no muy grande, de una muchacha de pelo corto, con la raya a la derecha. Es un retrato inacabado: faltan los hombros, el busto; en su lugar solo se ve el blanco sucio de la tela. La muchacha parece nerviosa, me mira de soslayo.

Él —¿será hijo de esa muchacha pálida?— es sociable pero no un vendedor molesto. Ni se inmuta ante mi curiosidad. Sin embargo, como todas las tiendas están cerradas, decido gastar algo de dinero en su tenderete. Un día compro dos vasos. Después, por el mismo importe, una revista adquirida en un quiosco, leída quizá en un tren, hace treinta y tres años. Después, un collar. Después, el retrato. Cuanto más compro, más cosas nuevas aparecen milagrosamente. En el yermo desierto estival, este peñasco de objetos, este río crecido, me hace pensar en la desaparición de todo, pero también en los rastros banales, tozudos, de la existencia.

De todos modos, aunque no me sirva de nada, compro algo. Y en casa, por la mañana, tomo el primer café en esa tacita mellada. Leo la revista en mi balcón y me informo sobre actores, acontecimientos, chismes de la generación anterior. Cuelgo en la pared el retrato y miro ese rostro joven, esquivo. ¿Qué habría hecho feliz a esa muchacha? ¿Llevaría ella, convertida en señora, ese abrigo de piel tan vistoso? ¿Habrá sido suyo? ¿Le gustaba quedar bien, sentirse elegante mientras hacía recados en invierno, bajo el cielo despejado?

Un día, el muchacho me invita a pasar, me debe algo de cambio. En cuanto entro noto una sensación desagradable; es una casa tan vivida que casi me hace sentir mal. Todo acumulado, todo descuidado, todo patas arriba.

—¿A quién pertenecía todo esto? —pregunto al fin.

—A mi familia, a mí también. He reconstruido todas las piezas del rompecabezas. Aprobé los exámenes de bachillerato gracias a esos libros. Durante cuarenta y seis años mi madre preparó la comida en esas cacerolas. Mi padre jugaba con esas cartas. Nunca tiró nada. Cuando ella faltó, se negó a deshacerse de sus cosas. Este año él también se fue, así que me ha tocado a mí; si no lo hago, mi novia no quiere pasar la noche aquí.

Y así, por poco dinero, mi casa se transforma y mi vida espartana se anima ligeramente, se condimenta como un prolongado cocido mixto, a pesar de que el papel amarillento de las revistas hace que me lloren los ojos y la tela del retrato está apolillada. No me importa, los objetos me divierten, me acompañan, mientras mi vecino huérfano, harto de las ventas flojas y quizá también de su única clienta fiable, un buen día decide meterlo todo en un cajoncito y hacer una escapada a la playa en moto, con la novia ceñida a su cintura.

En la caja

Siempre me ha angustiado gastar dinero, comprarme algo bonito pero, en el fondo, innecesario. ¿Será por haber tenido un padre que contaba escrupulosamente cada moneda, que frotaba cada billete antes de dármelo por si iban dos pegados? ¿Que no soportaba comer fuera, que no se permitía tomar una taza de té en un bar porque en el supermercado una caja con veinte sobrecitos costaba lo mismo? ¿Es la pauta severa de mis padres lo que me hace elegir siempre el traje, la tarjeta de felicitación, el plato del menú más barato? ¿O mirar la etiqueta del precio antes que la mercancía, así como en un museo uno tiende a leer el letrerito antes de contemplar el cuadro?

Tal vez a mi padre le habrían gustado los bares de este barrio, donde puedo pedir un vaso de agua mineral en el que bailotean las burbujas y beberlo a sorbos, de pie, con toda la calma, para recuperarme o para intercambiar unas palabras con alguien, sin pagar nada.

Sin embargo, mi padre, el único en nuestra casa que ganaba un sueldo, ahorraba cierta cantidad para ir al teatro y elegía incluso localidades decentes. Para él ese dinero era una inversión personal, un gasto beneficioso. Por el contrario, mi madre, que no trabajaba y no tenía ninguna autonomía económica, siempre mantuvo con el dinero una relación conflictiva. Aún hoy recuerdo su reprobación de aquella vez, hace tanto tiempo, cuando yo —tendría siete u ocho años— deseaba un vestido blanco, muy femenino, de mangas cortas y con un collar de perlas cosido, en mi opinión de una forma ingeniosa, directamente alrededor del escote.

—Cuesta demasiado, vuelve aquí —me dijo, cortante.

Y yo me sentí mal, fatal, no tanto por el vestido que no tuve, sino por haber querido algo fuera de nuestro alcance, por haberme atrevido.

Aún más fuerte fue un episodio de mi adolescencia, cuando tenía unos trece años. Había salido con una prima más pequeña y me tocaba protegerla, ser una jovencita formal y responsable. Habíamos ido a la ciudad en autobús —¡qué aventura!— para pasar la tarde en un famoso mercado caótico, y allí, entre centenares de tenderetes repletos de baratijas de todo tipo, me cautivaron unos pendientes ligeros, colgantes: dos columnas de piezas de plástico rojas y negras. Nada del otro mundo, pero me llamaron la atención.

Mi madre me había dado algo de dinero, de modo que me compré los pendientes, contenta, pero cuando regresé a casa y le enseñé mi nueva joya, mi madre, tras preguntarme el precio, se enfadó y me reprendió largo rato diciéndome: «No sabes gastar el dinero, no hay que pagar tanto por unos pendientes como estos, te han timado». Una de sus escenas típicas. Después de la cual jamás pude mirar aquellos pendientes sin odiarme.

Ya de adulta, hubo otro momento crítico que ahora me viene a la cabeza: mi primer novio estaba limpiando el cuarto donde hacíamos el amor —donde había perdido la virginidad— antes de mudarse a una nueva casa. Quería deshacerse del dinero suelto desperdigado y olvidado en el suelo, debajo de la cama, entre los cojines del sofá. «No vale nada, no merece la pena recogerlo», dijo. Había barrido todas aquellas monedas sueltas junto con el montón de polvo acumulado durante años detrás de los muebles, y en aquel momento yo comprendí con una lucidez atormentada que nuestra relación no llegaría a buen fin.

A estas alturas de mi vida gano bastante y a diario gasto dinero sin bloquearme. Pero cuando menos me lo espero, me asalta el temor; por ejemplo, si me atrae un libro de bolsillo con una cubierta refinada, o bien una planta alegre para el balcón. Los objetos como estos me recuerdan los pendientes rojos y negros y me paralizan. Por eso, de vez en cuando, aunque me esté muriendo de hambre, elijo el bocadillo más humilde, o incluso no como. Si entro en una tienda, si admiro algo y después resisto, si salgo sin acercarme a la caja, me siento una hija virtuosa. Si cedo, pues eso, cedo.

Hoy, sin ir más lejos, un día más bien fresquito, me detengo en la farmacia delante de un frasco de aceite corporal. El farmacéutico es solícito, paciente, me hace probar algunos, me invita a oler las distintas fragancias: lavanda, rosa, granado.

—La piel se seca mucho en esta época —me dice—. Si uno quiere, puede echar unas gotas directamente en la bañera. Hay que tratarse bien, señora.

Pero no me convence, no consigo justificar el gasto, seguro que en casa tengo un producto parecido. Al final solo pido las pastillas para el dolor de cabeza que suelo llevar en el bolso por si acaso.

En lo más íntimo

¿Por qué tardo tanto en salir de casa esta mañana? ¿A qué viene este desconcierto aquí también? Cada vez me cuesta más despertarme; es preciso actuar, reaccionar, moverse, concentrarse enseguida. Pero hoy, mientras me preparo sin prisa para un día cualquiera, pierdo el hilo de mí misma, me quedo indecisa frente al armario aunque me dé igual lo que elija. Tomo el desayuno de pie sin disfrutarlo, corto una manzana sin poner los trozos en un platito, no sé si me apetece o no un segundo café, me siento inquieta, no sé dónde ponerme. Pasan quince minutos, pasa otro cuarto de hora.

Me dispongo a salir y luego me detengo, me quito la chaqueta y empiezo a buscar un determinado collar para animar el efecto del vestido; estará en algún sitio, en algún alhajero; si lo pienso, la palabra más hermosa que existe.

Esta dilatación del tiempo me deja pasmada, en absoluto dueña de mí misma. Sé que al otro lado de la puerta no pasará nada terrible; al contrario, me espera un día por completo olvidable: una clase, una reunión con mis colegas, tal vez una película. Sin embargo, tengo miedo de olvidar algo esencial, el móvil, el carnet de identidad, la tarjeta o las llaves, y de meterme en líos.

En una cena

A un amigo mío soltero le gusta organizar pequeñas cenas en su casa. Vive en un ático con una terraza tentadora y vistas a cúpulas y antenas donde se está bien. Pero esta noche hay viento y cenamos dentro. Subo en ascensor hasta la última planta, luego sigo a pie hasta lo alto del edificio. Esta vivienda parece de juguete. Los rincones son estrechos, las vigas oscuras están a la vista. Las habitaciones son pequeñas, cada una conduce a la siguiente, no hay pasillo. Casi todas disponen de una cama, cojines amontonados en el suelo, todo lleno de libros alrededor. En pocas palabras: una casa donde en cualquier habitación, en cualquier momento, se puede leer o dormir. Sería divertido para un niño. Pero mi amigo es un señor elegante de unos setenta años, un hombre culto sin familia.

Antes de sentarse hay que agachar la cabeza. Los invitados varían siempre, salvo por un pequeño círculo de confianza al que pertenezco. En general no vuelvo a ver a los otros invitados, es una especie de laboratorio social que dura unas horas y no se repite.

Esta vez he venido a pie aspirando el aire efervescente y tengo mucha hambre. Llego un poco tarde, el grupito ya se ha

acomodado en el sofá. Me tomo una copa, como unos cacahue-
tes. Saludo a un director de cine, a un periodista, a una poeta,
a un psicólogo, a una pareja del Norte que ha elegido esta ciudad
para pasar su luna de miel.

De entrada ella me pone de los nervios, quizá porque cuando me estrecha la mano no me mira a la cara. Es una mujer de
unos treinta años, más bien robusta, pero su rostro, puntiagu-
do, pertenece a un cuerpo distinto, es delgado. Lleva el pelo
lacio recogido y esos kilos de más le dan valor, le otorgan cierta
consistencia.

Ella hace comentarios levemente fuera de tono sobre la ciudad, opina de todo. Mientras explico al grupito a qué me dedi-
co, me interrumpe y desvía la atención hacia un cuadro colgado
encima del sofá. Conoce al pintor personalmente, dice. Sostiene
que, pese a ser un hombre de talento, está sobrevalorado. Cada
opinión suya me irrita, la encuentro fuera de registro, incluso
un tanto maleducada. Sin embargo, me intriga su comportamiento valeroso, es una mujer algo maga, de esas que sabrían
cómo arengar a las multitudes.

En la mesa somos seis. Después de la sopa, todos dejan de
hablar, solo seguimos nosotras dos. Estamos discutiendo sobre
una película, en mi opinión una buena película, la defiendo.
Pero ella insiste en que el actor, uno famoso, es pésimo.

No estoy borracha pero no logro contenerme, le suelto:

—Pero ¿tú te oyes cuando hablas? ¿Qué coño estás diciendo?

No me contesta, de ahí en adelante me ignora por completo.
Los demás nos miran, incómodos. Nunca he hablado así en una
pequeña cena entre amigos. El marido me mira fijamente, géli-
do; he agredido a la persona de la que se ha enamorado, con la

que, naturalmente, quisiera formar una familia. Otro invitado cambia de tema pero no consigo seguirlo, no como casi nada. Mi amigo recoge los platos como si tal cosa, nos trae tarta y café.

Regreso a casa mortificada, otra vez andando, pese al cansancio. Tardo cuarenta minutos, paso deprisa bajo los edificios tenebrosos, las ventanas cerradas. Después del largo paseo sigo sintiéndome turbada, desquiciada incluso. Pediré disculpas a mi amigo por haber echado a perder la velada. Atajo por la plaza donde mañana por la mañana bajaré a hacer la compra. Pero esta noche pido un cigarrillo a los muchachos que charlan alrededor de la fuente.

De vacaciones

Aprovecho un puente otoñal y salgo de la ciudad para despejar la cabeza, buscar calor en un pueblo cercano y sustraerme a la rutina. Llego a un lugar relajante, soleado. El alojamiento me gusta: hotel tranquilo, desayuno sabroso, piscina desierta hasta mediodía. El único inconveniente es que aquí también me siento obligada a hacer lo mismo que los demás. En el desayuno todos hablan, entusiasmados, sobre los largos senderos de los alrededores, del pinar lleno de gamos, de un restaurante elevado con unas vistas magníficas. También se puede visitar la casa de una escritora famosa. Pero no estoy de humor; prefiero dormir, disfrutar del aire limpio, nadar tranquilamente antes de que los niños empiecen a zambullirse.

De niña no iba a ninguna parte con mis padres. No era como los niños que se sientan con sus padres: familias que comen juntas, que juegan a las cartas.

Mi padre, quizá sabio, quizá testarudo, consideraba que era mejor relajarse en casa sin hacer las maletas, sin necesidad de ambientarse por poco tiempo en un lugar desconocido. Así se pasa la mitad de las vacaciones, decía. De modo que todos los años, en la época en que no debía trabajar, se quedaba en casa.

No se vestía hasta tarde, bajaba con tranquilidad a la plaza a comprar los diarios y a saludar a los vecinos ya jubilados reunidos en los bancos. Después se tumbaba en el sofá delante del ventilador a leer los periódicos y a escuchar algo de música. No buscaba la montaña, la playa; no se emocionaba ante los espectáculos naturales. Para él, la paz era quedarse dentro, quieto, en un lugar habitual, su único retiro.

Mi madre habría querido viajar, ir de vacaciones. Le gustaba visitar grandes ciudades, ver los museos, los lugares sagrados, los templos de los dioses. Mi padre consideraba todo eso un esfuerzo, incluso un derroche de dinero. Además, según él, en la playa o en la montaña siempre se corría algún riesgo. Decía: «Si lloviera, sería un desastre, no me apetece conducir durante horas, tiene más sentido divertirse bajo techo, a lo sumo ir al teatro». Y como era él quien ganaba un sueldo y conducía, en verano los tres nos quedábamos en casa.

Ya de adulta aprendí a ceder a ciertas costumbres, entiendo la exigencia de salir y bajar el ritmo. No me desagrada cambiar de aires una vez al año. Nunca vuelvo al mismo sitio; prefiero no crear vínculos, dependencias. El caso es que, más que sentirme lejos de la vida cotidiana, me siento extraña respecto a mi familia de origen, y a mi juventud. Una distancia tan buscada como deprimente. Me entristezco cuando tomo el sol. Lloro a mi familia infeliz. Lo lamento por mi madre, insatisfecha mientras estuvo casada, desdeñosa al quedar viuda.

Sin embargo, también estoy de acuerdo con mi padre; en algunos sentidos, el precio de esta semana de vacaciones me parece un dispendio, echo en falta algunas de mis cosas, ya estoy un poco cansada de vestirme para desayunar a las ocho de la mañana entre tanta gente. El café no está lo bastante caliente; al cabo de dos días, pese a no ser temporada alta, el hotel se ha llenado, los niños empiezan a zambullirse después del desayuno, y por la noche, la joven pareja que dirige el hotel pone música para que todos bailen bajo las estrellas.

Después de cenar me quedo en mi habitación y veo la tele. Pienso mucho en mis padres y me pregunto por qué, en este lugar envuelto en algodones, ellos continúan persiguiéndome.

¿A cuál de los dos me parezco? ¿A él, que se habría quedado leyendo en su habitación como yo, o a ella, que habría querido bailar? Le habría gustado divertirse con personas distintas de mi padre y de mí. Sus seres queridos —amigos, parientes, personas con las que sonreía abiertamente, con las que no ponía cara de enfado— eran otros, estaban fuera de casa. Mi padre y yo: nosotros dos éramos la jaula.

En el supermercado

Tras encontrarme delante de la nevera vacía, decido ir al supermercado y vuelvo a toparme con mi amigo casado para el que represento…, ¿qué represento? Un camino no tomado, una historia fallida. Tengo en la mano la cesta, contiene pocas cosas, la compra invariable de una solitaria, mientras que él empuja un carro repleto de comida de todo tipo: cajas de cereales, bolsas de galletas, paquetes de tostadas, mermeladas, mantequilla, leche entera, descremada, de soja. Me cuenta lo que come cada miembro de la familia, la lucha continua por desayunar juntos; se queja de que casi nunca coinciden. A mi amigo le gusta tener siempre una despensa bien surtida: paquetes de arroz y de pasta, de garbanzos y tomates, de café y azúcar, botellas de aceite, de agua con y sin gas.

—Para un posible desastre —me dice bromeando.

—¿Desastre por qué?

Un desastre en su casa me parece improbable, con o sin comida. Yo no guardo provisiones, vivo siempre en vilo, con la nevera casi vacía, la despensa también.

En la caja pagamos por separado. Él tarda un cuarto de hora en meter toda la compra en bolsitas, después lo acompaño al aparcamiento, debajo del supermercado. Dejamos atrás la música molesta, las luces de neón, el olor a comida, el aire acondicionado descontrolado.

—¿Te acerco?

—Solo llevo dos bolsas, voy caminando.

—Venga, que me parece que va a llover; volvamos juntos.

Abre el maletero. Todas las bolsitas transparentes, de un verde feo y desvaído, se parecen, se confunden. Decidimos colocar mi compra dentro de una sillita de los niños. Da un poco de asco, está llena de migas, y alrededor veo el rastro de sus hijos metidos durante horas en el coche: juguetes varios, muñecos desmembrados, libros ajados.

De una de las bolsitas saca una tableta de chocolate.

—Hay que comerlo enseguida —me dice.

Sé por qué: a mi amiga le preocupan los azúcares, las grasas saturadas. Me da un trocito.

—Nadie conoce este aparcamiento, ya ves qué tranquilo; es mi secreto, no se lo cuento a nadie.

Me lleva hasta casa. Cojo mis bolsas, le doy las gracias, me despido, lo beso en las mejillas, como siempre.

—¿No necesitas nada más? ¿Quieres alguna de nuestras bolsas? Total, la mitad es de reserva.

—Si se produce un desastre, lo mejor es salir de casa.

—Pues sí.

Así es. No necesito nada más, me basta con el afecto que él guarda para mí.

En la playa

Estoy en el restaurante de un pueblecito de la costa. Por la cristalera se ven el cielo, hoy gris, y el mar. Es un domingo ya invernal pero bonito, sin demasiado viento. No brilla el sol pero tampoco llueve.

La ocasión es el bautizo de la niña de una colega. Le hacía mucha ilusión que viniera, de modo que acepté la invitación, aunque en realidad habría preferido rechazarla. Me ha traído otro colega nuestro, una verdadera pesadez, pero por desgracia no tengo coche.

Después de la ceremonia en la iglesia hemos venido juntos al restaurante. Somos muchos, tres mesas largas ocupan casi todo el espacio. El restaurante está reservado solo para nosotros. Se nota que los dueños conocen bien a la familia de mi amiga, han celebrado aquí muchas ocasiones similares y se sienten en casa. La mayoría de los invitados son parientes de mi amiga y su marido: padres, primos, suegros, tíos, otros niños. La niña duerme en su cochecito a pesar del barullo. Se oyen risas que suben y bajan, como las olas que, frente a nosotros, se comen la playa.

Veo a los primos de la criatura recién bautizada, los más grandes, los que caminan, los que ya comen solos, los que comen tales cantidades que ya deberían perder unos kilos.

Brindamos, después empieza el banquete. Los camareros traen a la mesa una amplia variedad de entrantes —mejillones, almejas, anchoas, quesos, aceitunas, atún ahumado, gambas— en varios platos. Me colocan lejos del colega aburrido que me ha traído y con el que dentro de poco volveré a estar en el coche.

Como, bebo un poco de vino. Hablo con las personas sentadas a mi lado. Explico quién soy, desde cuándo conozco a mi amiga, mis proyectos de trabajo. Miro el cielo encapotado que cubre el mar, que se funde con el horizonte, la paz al otro lado de este alboroto. Me sorprende que nadie más que yo se percate del fulgor del mar.

Pese a la claustrofobia me siento distante del grupo, excluida de sus vínculos duraderos e indispensables. Al mismo tiempo estoy obligada a prestar atención a personas que no conozco bien. También siento una incomodidad física: estar sentada me parece un esfuerzo, y sobre el cuello noto la cabeza extrañamente pesada. No me pasa nada en la garganta, sin embargo, creo tener una obstrucción. Respiro, veo que el vientre sube y baja, pero siento como una especie de angustia en el pecho; necesito salir, tomar el fresco.

Miro a mi alrededor, necesito un asidero, un punto fijo. La niña está despierta, la veo acurrucada en brazos del marido de mi amiga. Llora. Llega la abuela para calmarla.

Me levanto de repente. Busco el lavabo. Está fuera; bien, así debo salir por fuerza.

—Hace frío, señora, le conviene abrigarse —me avisa un camarero.

Cojo el abrigo, voy al lavabo, después me escabullo, bajo a la playa. El mar está agitado, magnífico. Me encuentro entre los restos de la casa de un emperador. Se vislumbran vagamente sus dimensiones, los límites de las habitaciones que en otros tiempos daban al mar, donde el emperador vivía en verano.

Pienso en la niña, en esta tarde en su honor. Ajena a la inauguración alegre de su vida, ignorante de la historia del mundo.

Visto desde abajo, desde fuera, el restaurante, alumbrado por luces falsas, me parece un acuario lleno de gente vestida de colores variados, obligada a moverse a cámara lenta.

Ya no soy la única en la playa, otros niños se han escabullido de ese cubo de cristal. Corren por el batiente, gritan, se tiran piedras. Se esconden en las grutas, entre los tozudos restos de una villa deshabitada.

Fuera hay un ruido feroz: el estrépito del viento y el mar, el estallido que se lo come todo, y me pregunto por qué esa agitación nos apacigua tanto.

En el bar

Nunca me he casado, pero como todas he salido con una serie de maridos. Hoy pienso en uno que conocí en este bar, de un barrio situado al otro lado del río, donde ahora me encuentro sola por casualidad. Ese día me había tomado un café, estaba a punto de irme. Él me había seguido, me había parado en la acera después de correr como un loco detrás de mí.

Era la primera vez que un hombre me seguía con tanto ímpetu, pisándome los talones. Soy bastante atractiva, aunque no soy una mujer hermosa que embruje a todo el mundo. No obstante, él me dijo, gesticulando:

—Perdona si te molesto, me gustaría conocerte.

Eso fue todo. Él tenía casi cincuenta años, yo, veintipico. Me miraba con fijeza, implorándome con los ojos claros, inquietos, sin decir nada más. Tenía una mirada tierna, incluso tenaz. Iba a ignorarlo, pero me sentí halagada, no me parecía un ligón cualquiera.

—Solo un café —añadió.

—Acabo de tomarme uno, tengo cosas que hacer.

—Entonces después, sobre las cinco. Te espero aquí.

Esa tarde me vi con una amiga. Le conté lo sucedido.

—¿Qué te ha parecido? ¿Te convence?

—No sé. Tal vez.

—¿Guapo? ¿Bien vestido?

—Diría que sí.

—¿Y entonces?

A las cinco y veinte regresé al bar. Lo encontré sentado a una mesa; esperaba y nada más, como una persona que espera en el aeropuerto a alguien querido. Jamás olvidaré el fervor en sus ojos al verme entrar. Era un hombre infeliz y establemente casado, y tuve un lío con él. Vivía en otra ciudad, pasaba por aquí de vez en cuando, por trabajo, se iba el mismo día. ¿Qué más añadir?

Recuerdos fragmentados: alguna visita en coche fuera de la ciudad a la hora del almuerzo. Le gustaba conducir, enfilar una salida cualquiera, encontrar un rincón en el campo donde comer bien. Me vienen a la cabeza una serie de tabernas vacías. Me acuerdo de una ocasión en que solo estábamos nosotros dos, el camarero, el dueño y el cocinero, al que no se le vio el pelo. Pasamos allí toda la tarde charlando. Ya no recuerdo qué comimos, solo la abundancia y variedad de platos que había, como de boda fastuosa.

Le habían permitido fumar en la mesa. Yo no sabía dónde vivía con su mujer, ni cuál era su ciudad. Nunca vino a mi casa. Yo esperaba su llamada telefónica, acudía a todas las citas. Fue un episodio ardiente, un resplandor de breve duración que ya no me concierne.

En la villa

Cerca de mi casa hay una villa que perteneció a una familia rica; está rodeada de un jardín que gusta a perros y niños. A última hora de la mañana suelo ir a caminar al fresco por el sendero. Paso delante de una pajarera gigantesca, del tamaño de una casa de dos plantas, con una cúpula muy bonita. En su interior no queda ni un solo pájaro. Las palomas sucias, pertinaces, se acomodan sobre la pajarera como si fuesen una especie de alambre de espino viviente. Los papagayos, con plumas de un verde encendido, vuelan de árbol en árbol, o se posan en la hierba unos minutos. La fuente de piedra que hay en su interior está cubierta de musgo, del mismo verde que los papagayos. El agua fluye siempre.

A lo largo del sendero hay varias fuentes con estatuas de criaturas inexistentes, inquietantes incluso: figuras femeninas de cuatro pechos, una mujer que de la pelvis para abajo se convierte en leona. Hay sátiros cubiertos de pelos por debajo de la cintura, con pezuñas de cabra, sosteniendo urnas sobre los hombros. Las mujeres adoptan poses de animales, lánguidas, provocativas. Niños con colas de pez hacen sonar la caracola, extasiados.

La villa está siempre cerrada, aunque a través de las hermosas ventanas puede verse que dentro hay mesas de madera oscura, sillas, estantes llenos de libros. Será una biblioteca, una institución, pero fuera no hay ninguna placa, tiene un aire secreto. Debe de ser agradable sentarse ahí dentro a leer un libro, pero nunca veo un alma.

Hoy, mientras camino, me cruzo con dos personas, una señora y un señor. Tendrán unos setenta años. Bajan juntos, muy despacio, justo por donde el sendero se encuentra en mal estado; allí la tierra está cubierta de surcos, como si antes hubiese pasado un arroyo. Están unidos, pero no me parecen marido y mujer. Más bien hermanos; habrán compartido una infancia, una intimidad impuesta e inconfundible.

Me acerco y veo que cada paso de la señora es un intento. Después reparo en el drenaje que lleva conectado al vientre. Hay dos tubos, dos bolsas transparentes de plástico. Una está llena de sangre, la otra contiene un líquido bastante claro pero viscoso. Lleva gafas de sol, cuadradas, exageradas, las lentes son negras, por lo que no logro interpretar su mirada. Aunque tengo la impresión de que es una mujer de acero. Deben de haberla operado hace apenas unos días. Detrás de la villa hay un hospital, seguirá estando ingresada, o quizá acaben de darle el alta y se sienta aliviada y a la vez desorientada de encontrarse fuera.

El señor, digamos su hermano, camina a su lado, le sirve de apoyo, van casi pegados. Él lleva en la mano los tubos largos, finos, como si fueran correas, mientras que a esta hora los perros corren por todo el parque, libres.

Encuentro que la señora está más viva que los niños que a esta hora chillan en el parque. La imagen de estas dos personas unidas me conmueve, me deja pasmada. Permite entender la devoción, la conexión vital entre ellos. Pienso en las sustancias que discurren dentro de nosotros, que deben circular, que se eliminan regularmente. Funcionamientos ocultos, feos, cruciales.

No hablan, solo caminan, con prudencia. Ella habrá regresado a este mundo tras despertar en el quirófano, tras la operación agotadora durante la cual permaneció tendida, sin dolor, en otra parte.

En el campo

Voy a pasar un par de días a la casa de campo de mi amiga, la que está siempre de viaje por todo el mundo. Un día me vio abatida y me dijo: «Está disponible, ahí nadie te fastidia; haz el favor, ve». Y como en este momento la vida me exige demasiado, acepto su invitación. Me organizo, tomo el tren en la estación central. Me impresionan los destinos del tablón, me hacen pensar en la de kilómetros que quedan siempre por hacer y en lo casual de nuestros recorridos. El viaje no dura mucho; antes de terminar de leer el periódico hay que bajarse. En el aparcamiento encuentro un coche esperándome que dejó allí el jardinero.

En verano esta fabulosa zona entre colinas debe de ser un paraíso. Hace siglos que no me pongo al volante; pese a ello, conduzco sin problemas; el coche es compacto y seguro; la carretera, empinada. Sigo el consejo de mi amiga y paro en el pueblo a hacer la compra para los tres días, así ya no tengo que salir. Digo a los tenderos que mi amiga me ha invitado y así me saludan sin recelos, me dan a probar trocitos de quesos antes de comprarlos. Todos hablan del frío glacial que se avecina, tres días seguidos de bajas temperaturas, un vendaval, tal vez algo de nieve.

La casa se encuentra en el valle, las vistas son magníficas; el cielo, amplio y luminoso, solo se ve un puñado de casas a lo lejos. La piscina está cubierta con una lona, la hamaca tiembla al viento, la pérgola densa, reseca, necesita una poda.

Saco la llave de debajo de la piedra y abro. Deshago la maleta, enciendo la chimenea y preparo un café. La cocina es grande, de campo; la luz que llega desde la ventana baña la pila baja de mármol. Ollas y tejas de barro, jarros y botes pintados a mano. Apenas por debajo del techo, en fila, hay una serie de llaves de hierro, como un largo epígrafe ilegible. Llaves superfluas que, en otros tiempos, abrían puertas que ya no existen.

Me calzo las zapatillas de deporte y doy un paseo antes de que se ponga el sol. Sigo el sendero que atraviesa el campo de trigo. Aquí nada de bullicio; el pueblo es bucólico, bien ordenado, como las balas de heno. Un lugar que ha resistido a todo cambio, a toda destrucción. Camino hasta un torrente, miro el reloj y regreso. La soledad requiere una valoración exacta del tiempo, lo he sabido siempre, como el dinero en la cartera: cuánto hay que matar, cuánto falta antes de cenar o de ir a la cama. Pero aquí el tiempo se mide de otra manera, por eso la caminata de una hora parece mucho más larga.

Por la noche cocino para mí; en general en la ciudad tomo un plato comprado en la cafetería debajo de mi casa, o me arreglo con una lata de atún en aceite y un tenedor, pero aquí me apetece prepararme una comida auténtica, incluso elaborada. Dispongo en una fuente unos muslos de pollo, los adorno con tomillo, dientes de ajo, sal, limón, y la introduzco en el horno. Me gusta la vajilla: los platos amarillos y gruesos, los vasos finos y transparentes. Me interesan sus libros, miro varios catálogos de exposiciones visitadas en la ciudad, hago caso omiso de los que he traído de casa para que me hagan compañía. Siempre me siento mejor cuando me rodean los detalles ajenos.

Después de cenar leo delante de la chimenea encendida, dormito un poco, escucho su música, hojeo revistas del año pasado. Para dormir elijo la habitación apartada de su hija, una cama individual debajo del techo bajo. En el armario, junto al edredón de plumas, veo algunas de sus sudaderas, una cesta con trajes de baño. Prefiero este rinconcito a la cama de matrimonio con dosel, de madera oscura y maciza.

El segundo día hace aún más frío, y mientras atravieso el campo de trigo, la tierra está tan rígida que ya no cede bajo los pies. Hoy, durante el paseo, sopla el viento; me entristecen las luces de las casas a lo lejos, y al regresar se me hace cuesta arriba encontrarme aquí sola sin conocer a nadie.

Antes de entrar en la casa veo algo en el sendero: una criatura, pequeña, gris. Sé que está muerta, por lo que yo también me quedo rígida. Es un ratón, y aunque aparto la vista enseguida, ya lo he captado todo: la cola curva, delicada, el pelo suave y espeso. El detalle más inquietante es que le falta la cabeza: se la han arrancado. Pero ¿cómo?, ¿por qué? ¿Habrá sido otro animal?, ¿algún ave rapaz? El cuerpo decapitado, aunque repulsivo, me hace pensar en un higo, y en medio de ese frío polar me viene a la cabeza esa fruta con la que me deleito en pleno verano, el rojo espectacular de la pulpa dulce, templada.

El animal no se mueve, pero dentro de mí todo da vueltas. Él ya no tiene la capacidad de hacer nada, y sin embargo me remueve en lo más hondo. Me arranca en un instante la sensación de bienestar de la que disfrutaba hasta este momento, en este lugar.

Me pregunto cómo es posible hacer un corte tan preciso, como si fuera una decapitación hecha por la hoja de un cuchillo. ¿Andará por aquí suelto un animal capaz de dar una dentellada tan perfectamente limpia? ¿Cómo es posible que se llevara la cabeza y dejara el resto? Pero más que nada me pregunto por qué esta reacción tan violenta por mi parte. Me encuentro delante de un animal minúsculo, difunto, nada más. Anoche unté tranquilamente con aceite los muslos de pollo. La carne cruda y sin vida no me impresionó en absoluto, la sangre que manchaba la fuente aquí y allá era por completo normal.

No tengo ganas de verlo, de tocarlo, solo tengo ganas de alejarme y borrar esa imagen de mi cabeza. Me tienta la idea de coger el coche y regresar a la ciudad. Por fuerza me toca a mí, no hay nadie que pueda ayudarme; llamar al jardinero para acometer esta empresa me parece patético. Dejo atrás al animal deprisa, mirando hacia otro lado. Me atenaza el miedo absurdo de que pueda revivir y —un miedo aún más absurdo— pueda agarrarme, aferrarse a mí para matarme.

En casa busco algo con que cubrirlo. Encuentro una latita de tomates pelados, la vacío, la enjuago bien. Necesito algo fino, plano, para deslizarlo por debajo y recogerlo. Encuentro una caja de cartón, con unas tijeras corto un trozo cuadrado. Esa será la maniobra. Pero no me atrevo, me quedo dentro de casa, me preparo un té caliente. Esta pequeña tarea me consterna, me hace sentir muy débil.

Al cabo de un rato salgo: en la mano llevo la lata, el trozo de cartón duro. Saco el cubo y dejo la bolsa de basura abierta. Cubro al animal mirando para otro lado, con cierta angustia. Él ya no tiene vida mientras yo sudo, el corazón me late con fuerza, me tiemblan las manos. Una vez tapada, la criatura me acucia con menos fuerza. Me arrodillo, meto despacio el trozo de cartón por debajo; enseguida encuentro cierta resistencia, tengo que empujar con suavidad, insistir poco a poco para deslizar a la criatura sobre su alfombrita de cartón. Lo hago todo sin mirar en ningún momento la lata.

Me levanto con el artilugio en la mano, consciente durante un instante del peso del animal, unos cuantos gramos que me derrumban. Noto la manera en que se desplaza ahí dentro. Llevo el ataúd así dispuesto al cubo, lo echo en la bolsa ya abierta y la cierro. Desaparece el cadáver, pero cuando regreso al sendero veo la mancha de sangre derramada por el cuerpo durante la maniobra.

Afortunadamente, por la noche llueve, y al día siguiente, gracias al sol también la mancha desaparece. Pero ese pobre ratón decapitado, al que acababan de matar, me hace pensar otra vez en un higo en pleno verano, en el sabor de su pulpa roja, en su tibieza en la boca.

En la cama

Por la noche, mientras leo en la cama, oigo los coches pasar zumbando debajo de mi casa. Su paso me hace sentir más estable. De todos modos, solo consigo dormirme acompañada por este ruido. Luego, cuando me despierto —siempre en plena noche, siempre a la misma hora—, el silencio absoluto es lo que interrumpe mi sueño. En ese momento en las calles no hay coches, nadie va a ninguna parte. El sueño se hace más ligero hasta que me abandona. Quedo a la espera de que aparezca alguien, quien sea. Los pensamientos que se instalan en ese tiempo oscuro son siempre los más sombríos, también los más lúcidos. Ese silencio, junto con el cielo negro, me entretiene hasta que las primeras luces llegan y disipan esos pensamientos, hasta que siento de nuevo la compañía de la vida que pasa debajo de mi casa.

Al teléfono

Hoy recibo un aluvión de llamadas de uno de mis amantes. Pulsa por error una tecla y se pone en contacto conmigo sin saberlo. Veo su número en el móvil, contesto, digo: «Hola»; él está hablando enérgicamente, pero no conmigo. Lo oigo mientras almuerza, mientras pide el plato del día en un restaurante, mientras camina por la calle, mientras trabaja. Su voz errante acaba por llegarme al oído, lejana pero reconocible, presente, ausente. Habla y ríe. Comparte todo esto conmigo sin enterarse.

Estoy en casa, no tengo planes. Paso frío todo el día, estamos en esa época del otoño en que todavía no han encendido la calefacción, por eso me pongo un jersey grueso y casi cada hora hiervo agua para el té. Incluso en la cama, a pesar del edredón de plumas, la sábana no transmite calor alguno; parece una losa punitiva bajo los pies descalzos.

Cada vez que suena el teléfono contesto pensando: «Esta vez a lo mejor quiere ponerse en contacto conmigo de veras». Pero él no me llama, no logra oír mi saludo, no se da cuenta de este contacto entre nosotros, repetido, involuntario.

¿Con quién habla? ¿Dónde está? No tengo ni idea. Estará en la oficina, en el bar, en el andén del metro, yo qué sé. Sin embargo, cada vez que me llega una de sus llamadas, me siento traicionada. Me hiere este contacto a oscuras, me hace sentir más sola que nunca.

Finalmente, a última hora de la tarde suena el móvil, es él. Contesto, me saluda con voz cálida.

—Amor mío, hola.

—Hola. ¿Qué tal ha ido el día?

—Aburridísimo. No he salido de la oficina, ni siquiera para comer, todo son prisas. ¿Y tú?

—Para mí también ha sido un día aburrido.

—¿Qué hacemos? ¿Vamos a cenar?

—Esta noche no me apetece.

—¿Por qué?

—Tengo un dolor de cabeza que no se me pasa —contesto y cuelgo; estoy muerta de hambre y salgo a cenar sola. El aire no es penetrante y me doy cuenta de que hace más frío dentro que fuera.

En la sombra

Ayer retrasamos los relojes una hora y hoy, al cruzar el puente que me lleva a casa, ya ha oscurecido. Recuerdo una tarde luminosa, sobre un pedacito de arena candente en el que todas las sombrillas estaban ocupadas; era como si todo el pueblo estuviera en el agua.

Me encontraba ahí por una boda. Al día siguiente, en vez de regresar a casa, me quedé para disfrutar un poco de ese mar. Lo necesitaba, aunque no llevaba toalla ni cremas solares, aunque en realidad la playa era desagradable, estrecha como un cuarto, flanqueada por dos franjas de piedras negras y afiladas. El mar estaba muy movido y el blanco de la espuma era casi cegador. Tenía delante a una mamá baja, robusta, de cabello oscuro, rodeada de sus hijos, al menos cuatro; aún recuerdo al niño desnudo en sus brazos, y a una niña, bonita como su mamá, pero todavía no mellada por la vida. El padre no estaba, pero la madre era un pilar irrompible en medio de aquel torbellino; se los veía tranquilos en aquel mar desenfrenado; cómo se divertían, hasta los pequeños eran intrépidos, saltaban entre las olas en el momento exacto mientras que a mí me derribaban siempre al estrellarse, no lograba superar ese trecho desestabilizador para poder entrar en el agua y nadar en paz.

Había regresado a la orilla, abarrotada de cuerpos descubiertos, embotados, y de alguna manera me acomodé entre dos tumbonas. El impacto del sol era tan poderoso que temí morirme de veras. Solo quería tapar esos rayos, o bien buscar cobijo, en cualquier sombra, como si fuera una roca a la que aferrarme en medio del mar, de modo que poco a poco me fui desplazando hacia otra mujer que dormía ajena a mi malestar. Su cuerpo transmitía una envidiable armonía con el ambiente, la cabeza vuelta de lado, los ojos cerrados, la cinta roja del traje de baño desatada. A mí me faltaba su serenidad, pero, sintiéndome un tanto aliviada por su cercanía y culpable a la vez, yo también me dormí en aquella sombra ajena.

Al despertarme, la tumbona de la mujer estaba libre, pero al ver el tono gris que se difunde enseguida tras ponerse el sol, me entristecí.

Aquella sombra al alcance de todos tenía más de derrota que de auxilio. Y si lo pienso, en la playa hay siempre un elemento salvaje que debemos soportar o superar, un elemento apreciado y a la vez odiado, enemigo.

Estar en la sombra me atañe, pese a no tener hermanos más listos ni hermanas más guapas con los que compararme.

Imposible huir de la sombra inexorable de esta estación, ni de aquella de la propia familia. Al mismo tiempo echo de menos la sombra de alguien.

En invierno

A final de año, cuando todos los chicos de la ciudad están de vacaciones, acepto ir de excursión con mis amigos y sus hijos —un niño y una niña— a visitar un castillo. Conduce él, el del puente, el de la discusión, el del supermercado. También debería haber venido mi amiga, pero está resfriadísima y en el último momento se ha echado atrás. De modo que por un día la sustituyo yo.

De regreso a la ciudad paramos para estirar las piernas en un pueblo remoto. Él estaciona delante de un precipicio. Bajamos del coche y avanzamos por la carretera estrecha, en busca de un rincón soleado. Una señora armada con una escoba barre la plaza —dos banderas cruzadas, una fuente diminuta—, tratando el espacio público como si fuera la sala de su casa.

Paseamos un poco, los niños corren delante de nosotros. Llegamos hasta una villa noble que domina los campos. Leemos el nombre de la familia en la base de una estatua. La fachada es de piedra pero los colores son cálidos, una mezcolanza desteñida de rosa, amarillo, naranja, sobre la que se proyectan las sombras de las farolas. Cae la tarde, el pueblo nos parece casi deshabitado, se ahoga en una luz atormentadora.

El viento que silba nos inclina y los ojos se nos llenan de lágrimas. Vemos la iglesia en lo alto, un olivo antiguo adornado con bolas rojas y destellantes hace de árbol de Navidad. Cuanto más subimos, más nos golpea el viento, el frío. El espacio extendido a nuestro alrededor, abrazado por el vacío, nos envuelve.

Nos intriga una calle: en realidad es un callejón sin salida, una especie de patio que conduce a tres o cuatro edificios, o quizá se trate de un único edificio con tres o cuatro entradas separadas. El espacio está abrigado, es muy oscuro, la vista tarda en acostumbrarse, pero poco a poco entrevemos una escalerita sin barandilla que lleva a un arco de ladrillos, a unas puertas cerradas y rotas. A través de alguna rendija llega el atardecer invernal y el efecto es extraordinario, parece una especie de gruta en cuyo interior serpentea la luz como si fuese un alma viva.

En cuanto me encuentro en ese agujero semicerrado sueño con una vida allí, me gustaría habitar en ese refugio lejos de todo. Él está a mi lado, nos asombramos juntos; antes de regresar se vuelve y me mira. «Un encanto», dice. Las palabras me reconfortan, pero no sé si se refiere a mí o al espacio; él es enigmático, y además, hoy, pese a la excursión fuera de la ciudad —romántica, si se quiere— me parece que entre nosotros saltan pocas chispas.

Su hija quiere un chocolate caliente, de modo que bajamos hacia el pueblo; preguntamos dónde podemos encontrar un bar abierto. La señora de la escoba dice: «Pregunten allá abajo», y nos encontramos delante de una barbería, milagrosamente abierta, con varios clientes dentro. «Subiendo por esta calle, a trescientos metros», nos indica un señor recostado en un sillón con la cara enjabonada.

Llegamos al final de la calle, pero, por desgracia, el bar está cerrado; el gran toldo exterior, todavía sin desmontar para la temporada de invierno, se sacude enfurecido.

Volvemos al coche estacionado delante del precipicio. Y mientras él arranca y pone la marcha atrás, me intranquilizo, no me fío de la barrera baja de cemento que hay entre nosotros y ese peligro, no me fío de la maniobra, solo noto la fuerte pendiente cuando el vehículo se inclina frente al vacío. Sin embargo, subimos marcha atrás, el coche gime y nos alejamos a despecho de la fuerza de la gravedad, dejando a nuestra espalda ese pueblo con la placita siempre limpia, la gruta tranquila que me embrujó, el señor que esta noche cenará con la cara recién afeitada. Nada de chocolate caliente, solo la calefacción enervante del coche. Llegamos a casa en silencio, salvo por su hija, que, absorta, ha canturreado todo el trayecto.

En la papelería

Mi papelería preferida se encuentra en pleno centro, en un edificio de época, en la esquina de dos calles muy concurridas. Voy a final de año a comprarme una agenda nueva, mi adquisición preferida, una especie de rito, pero paso por allí con gusto casi todas las semanas y me llevo, no sé, una carpeta transparente, un paquete de marcapáginas adhesivos, una goma nueva que nunca ha borrado nada. Hurgo entre los cuadernos de colores y pruebo el trazo de tinta de varias plumas en un pedazo de papel acribillado por mil firmas desconocidas, garabatos urgentes y nerviosos. Pido cartuchos de recambio para la impresora de mi casa y unas cuantas cajas para ordenar las huellas de papel —cartas, facturas, notas— de mi existencia. Incluso cuando no necesito nada en concreto me detengo un momento frente al escaparate y admiro la exposición perennemente festiva, adornada con mochilas, tijeras, chinchetas, pegamento, cinta adhesiva y una marea de cuadernos, con o sin rayas, que me gustaría llenar, incluso los específicos y poco acogedores para balances. Aunque no sé dibujar, me entran ganas de elegir un bloc de bocetos, encuadernado a mano, de papel grueso color crema.

Observo a los dependientes ahí dentro: la madre gordinflona de pelo oscuro, poco brillante, sentada frente a la caja; el padre, que se encarga de las plumas estilográficas guardadas en una vitrina como si fueran piedras preciosas y de los frascos de tinta, que parecen perfumes finos. Los padres hablan a menudo con su hijo larguirucho, vestido de negro, que se encarama un momento a la escalera y baja mercancías diversas. Su manera de relacionarse será un debate familiar vibrante y razonado. Comentan el periódico que la madre suele hojear siempre, los sucesos locos de la ciudad, los apuros de países que jamás visitarán.

La madre me cae especialmente bien. Una vez temí haberme olvidado las gafas de sol en la tienda. Regresé deprisa, y cuando le dije que no las encontraba, ella dejó enseguida la caja y, juntas, hicimos un lento repaso, deteniéndonos frente a los estantes, reconstruyendo mi recorrido. Ese día había comprado muchas cosas, pero a ella no se le había escapado un solo artículo, lo tenía todo en la cabeza, por eso me precedió sin preguntarme nada.

—Aquí no las veo, cariño —me dijo al finalizar su investigación, pero después, mirándome con fijeza, me dio a entender que las llevaba en el cuello del abrigo, colgadas detrás del pañuelo, como un murciélago.

Desde hace años la papelería es para mí un punto de referencia: de joven compraba siempre allí cuanto necesitaba para la escuela, luego para la universidad, ahora para la enseñanza. Cada compra, por funcional que sea, me hace feliz. Corrobora mi existencia.

En cambio, hoy, cuando llego, en el escaparate solo veo una serie de maletas, todas rígidas, en especial el modelo pequeño de cabina para una escapada corta en avión, tiradas de precio. En el interior de la tienda han quitado las estanterías altas, y en el centro hay otras maletas, algunas más grandes, agrupadas por marcas y colores. Sin embargo, el efecto no es armonioso; al contrario, me parece horrible. A pesar de los techos altos, de las proporciones agraciadas del espacio, se ha convertido en un antro, en una tienda sin carácter. Parece la zona embarullada de un aeropuerto, el equipaje huérfano depositado en la cinta que, al final, nadie va a retirar.

Qué tristeza contemplar todas esas maletas nuevas, vacías, a la espera de un viajero, de contenidos distintos y pesados, de un destino. No hay ninguna otra mercancía, solo maletas, pero después, justo en la entrada, veo una serie de paraguas, grandes y pequeños, todos de mala calidad, a la espera de turistas desesperados cuando se pone a llover a cántaros, paraguas gafados que, casi siempre, después del temporal, acaban en la papelera, clavados con furia como si fuesen garzas atormentadas.

La familia de antes dejó de llevar la tienda, ya no la veo. Solo hay un chico lánguido de rasgos finos que mira fuera a través del escaparate, vigilando distraídamente el tráfico. Me gustaría entrar a indagar: «¿Adónde ha ido la familia?». Me pregunto si habrá sido a causa de una quiebra, un desahucio humillante, si lo habrán pasado mal. Pero ese chico extracomunitario no tiene la culpa, él está allí para ganarse la vida. Y por más que lo lamente, no me sorprende que mi papelería preferida ya no exista; en esta zona los alquileres estarán por las nubes, y, al fin y al cabo, ¿quién entraba?, ¿quién compraba todos esos cuadernos? Mis alumnos prácticamente no saben escribir a mano, les basta con pulsar teclas para informarse, para aventurarse a salir al mundo. Sus pensamientos nacen en la pantalla, se alojan en una nube inexistente al alcance de cualquiera.

Entra una pareja: jóvenes, enamorados, pegados el uno al otro. Están en esa fase sublime en la que cualquier tontería parece encantadora. La tienda no los turba; al contrario, se nota que es el sitio que estaban buscando. Veo cómo se divierten en ese laberinto de equipajes. Abren y cierran los flamantes modelos, forrados, sin forrar, abren las cremalleras, golpean los caparazones de plástico. Será la primera vez que viajan juntos. ¿Y también la última? Al tercer día en el hotel, ¿se darán cuenta de que no se quieren de verdad? ¿O alcanzarán un ulterior equilibrio de pareja? Mientras reflexiono sobre esto, durante un instante todas las maletas me parecen libros enormes: volúmenes hinchados sin título, sin significado, en una biblioteca para monstruos, para gigantes, para idiotas.

Ella elige una maleta violeta; él, una de un amarillo chillón. Pagan al chico y enseguida las ponen a prueba metiendo dentro alguna bolsa, las chaquetas y las bufandas que ya no necesitan, dado que después de una mañana fresquita, de repente hace calor y en la calle todo el mundo empieza a quitarse capas de ropa. Los dos están satisfechos, entusiasmados por su aventura juntos, y salen de la tienda arrastrando tras de sí, sobre las cuatro ruedas de las maletas, una alegría indiscutible que surca los adoquines ruinosos de la ciudad.

Al amanecer

Si subo al tejado de mi edificio puedo ver el amanecer. En general, soy demasiado vaga; odio renunciar al calor de la cama, por eso no consigo organizarme, levantarme, vestirme a tiempo. Suelo hacerlo más a menudo en invierno, dado que el día empieza más tarde: me pongo a toda prisa el abrigo encima del pijama, la bufanda, unas botas, subo en ascensor y me siento rodeada de la ropa tendida por los otros inquilinos del edificio, entre manteles, toallas, camisetas, bragas. Espero a que una franja del contorno recortado de las colinas de enfrente quede resaltado en oro. Todo ocurre en pocos segundos: asoma la esfera nítida, perfectamente redonda como la yema de un huevo, y se libera. Sube con método, palidece mientras se levanta, aunque sé que no se mueve ni un milímetro, que es un engaño, una fantasía. La miro hasta que resulta imposible, hasta que duelen los ojos.

No solo los ojos sufren: el amanecer me encoge el corazón. Siento la luz que se propaga por la ciudad, que golpea la cara pero también calienta la médula, y mientras sigue subiendo más y más, la mirada se cruza con la ropa tendida de los demás inquilinos, raída pero seca, rígida. Cierro los ojos para ver la luz únicamente a través de los párpados y me siento culpable por la indolencia que, en general, me impide disfrutar de este fenómeno cotidiano, sabiendo ya que para mí sería demasiado gravoso recibir todas las mañanas de este modo. Deslumbrada y exhausta a la vez, recuerdo las palabras de un gran escritor que subrayé en uno de mis libros: «Al cabo de poco, despavorido, a la sombra huyo de la gran llama: tengo la sensación de que me consumirá, me atrapará y me convertirá en un elemento aún más pequeño de esta tierra, en un gusano o una planta... No consigo pensar en nada, todo me parece inútil, la vida me parece de una facilidad extrema, no me importa si ya nadie se ocupa de mí, si casi nadie me escribe».* Tan exhausta como antes, bajo y escribo estas líneas mientras da comienzo la jornada de siempre.

* La cita se ha tomado de *Il mare*, de Corrado Alvaro, edición a cargo de Geno Papaloni, Bompiani, Milán, 1994. *(N. de la A.)*

En lo más íntimo

Impulso es lo que me ha faltado siempre, una carencia de agilidad me atenazaba, me bloqueaba en la escuela, cuando era niña. Nos dejaban jugar fuera una media hora. Para la mayoría de los alumnos era un lapso de tiempo casi eufórico, pero para mí fue una tortura. Detestaba los gritos lacerantes, la exaltación espontánea. En cualquier caso, el juego entre mis amiguitas de aquella época consistía en saltar de un árbol cortado a otro, como si fuesen islas pequeñas, redondas, un archipiélago reunido en un tramo deforestado. Los troncos eran bajos, nos llegaban a la cadera, pero encaramarse a ellos me daba náuseas, y cuando me ponía de pie me temblaban las piernas. Me sentía humillada por el esfuerzo desproporcionado que hacía para sortear de forma cauta, desmañada, aquellos espacios insignificantes, mientras las otras niñas se desplazaban de tronco en tronco como si tal cosa, divirtiéndose a lo grande cual pájaros que brincan de rama en rama. Envidiaba su paso desenfadado. Ahora me doy cuenta de que era tenaz y tímida a la vez: insistía en seguir a las otras sin protestar, es decir, en subir, vacilar, saltar, pero cada hueco entre aquellos troncos me parecía un abismo y el miedo a precipitarme en él me angustiaba, aunque nunca me caí.

En casa de él

Desde que fuimos juntos de excursión con sus hijos me siento un poquito desequilibrada. En sueños voy más allá, pienso demasiado en su forma de reír, en la vocecita que se le escapa y me enternece, en los pelillos de la muñeca y en esos otros ralos de las manos, en los mensajes divertidos que me manda de vez en cuando. Me quedo esperando, pero no da señales de vida; hace mucho que no nos cruzamos en la calle hasta que, un buen día, suena el teléfono. Es él, su nombre inconfundible en la pantalla ya me parece una desfachatez. Mi amiga estará en la oficina; los niños, en la escuela. ¿Qué irá a proponerme? ¿Un plato caliente en el bar?

En cambio, al oír su voz comprendo que algo ha pasado. Me lo explica deprisa: el padre de mi amiga ha sufrido un ictus; por desgracia, la situación es grave. Los llamaron al amanecer, se marcharon y dejaron la casa patas arriba y al perro dentro. El camarero del bar de la esquina tiene la llave.

Bajo enseguida, el perro necesita que lo paseen. Es la primera vez que me encuentro sola en su casa. En general, solo he visto la mesa puesta, el cuarto de baño de invitados, la cocina en plena actividad. Esta mañana, a pesar de que los llamaron de madrugada y salieron pitando, todo me parece bajo control, los platos limpios en el lavavajillas; lo único que precisa un enjuague es la cafetera en el fogón; luego me doy cuenta de que hay un poco de azúcar derramado.

Veo los dos dormitorios, uno sin adornos, luminoso, con cortinas de lino blanco que comparten él y mi amiga, y el contiguo, más estrecho, repleto de juguetes, con literas. Ahí tampoco hay ningún desorden apocalíptico. En las paredes del pasillo cuelgan fotos de ellos dos, fotos de los niños, fotos de los cuatro, escorzos familiares a los que tienen cariño, en la playa, en el extranjero, durante los embarazos. Bajo algunas persianas, cierro la llave del gas, pongo la manta en la cama. Ato la bolsa de la basura. He aquí la morfología privada de una familia, dos personas que se enamoran y tienen dos hijos, un recorrido tan banal como singular, único. Y comprendo de golpe hasta qué punto forman un organismo ingenioso, un conjunto impenetrable.

Encuentro la correa al lado de la puerta y bajo con el perro. Lo saco a pasear hasta la villa de detrás de mi casa, llevo unas bolsitas de plástico en el bolsillo. Caminamos entre las fuentes sucias, bajo las palmeras escleróticas, entre las estatuas picosas, recubiertas de musgo y líquenes.

El perro es bueno, enseguida se fía de mí. No ladra, me guía; me gusta el tintineo de las plaquitas de su collar. Se detiene a beber agua en la fuente, delante de una mujer-leona que con la pata pisa una calavera, y de otra, ociosa, que devora una manzana.

Tres veces al día, durante tres días, hasta que regresan, hasta que entierran al padre de mi amiga, damos este mismo paseo.

Me encariño con el perro, con sus orejas siempre alerta, con su paso siempre veloz, con su cara siempre inquieta. Nuestro camino nos lleva siempre más allá; él tira de mí pero soy yo quien lleva la correa. Cada paso sirve para alejarme del peligro, hasta que mi desvarío se resquebraja y nuestra historia que no ha sido ya nunca será.

En el bar

—¿Alguna novedad? —me pregunta mi camarero.

—A lo mejor me voy una temporada.

—¿Y eso?

—Me han dado una beca en un país donde no he estado nunca.

—¿Y qué vas a hacer allí?

—Por la mañana, trabajar, sola; después, dos veces al día, tanto en el almuerzo como en la cena, nos reuniremos en unas mesas largas, comeremos con otros estudiosos, nos conoceremos, intercambiaremos ideas.

—No está mal. ¿Cuánto tiempo?

—Sería por un año.

—¿No te decides?

—Nunca he dejado esta ciudad.

—Esta ciudad es una pantufla.

Después de tomarme el café, distraída, hojeo el diario que ha dejado alguien, y en un momento dado, hacia el final de una página, veo asomar una cara: el cabello rizado y abundante, los grandes ojos serenos, los rasgos finos. Es el filósofo que ocupaba la habitación contigua a la mía en aquel feo hotel, una persona que, seguramente, habrá aceptado muchos compromisos de este tipo. Me parece una buena señal.

Me alegro de volver a verlo, recuerdo las subidas y bajadas en el ascensor con él, nuestro acuerdo tácito. Tengo siempre la intención de leer uno de sus libros.

Recuerdo cómo hablaba animadamente por teléfono en una lengua extranjera que no conseguí identificar. Ahí está, en la foto veo la misma sonrisa, correcta e irónica a la vez, vagamente maliciosa, que había resistido el tedio de la conferencia. Los ojos dilatados, ausentes y penetrantes al mismo tiempo, aparecen siempre nítidos en mi recuerdo.

Debajo de la foto, un bloque de texto, de una sola columna. Supongo que se trata de un artículo sobre él, la reseña de un nuevo libro. «Tras una larga enfermedad», se lee. No me había dado cuenta para nada.

Al despertar

Hoy, al despertar, me quedo en la cama, no voy al cuarto de baño a pesarme ni a la cocina a beber un vaso de agua tibia antes de preparar el café. Hoy la ciudad no me saluda, no me respalda, quizá sepa ya que estoy a punto de esfumarme. Miro el sol mortecino, que quita toda esperanza, y el cielo denso, el mismo cielo que está a punto de llevarme de aquí. Territorio vasto y vaporoso, sin caminos definidos, que nos ata a todos. Pero se resiste a nuestras huellas; a diferencia del mar, el cielo no retiene a los pasajeros que lo surcan, no contiene nada, pasa de nosotros. Se resiste a toda definición, muta sin cesar, cambia de aspecto de un momento a otro.

Esta mañana temo alejarme de esta casa, del barrio, de este cascarón urbano. Al mismo tiempo, ya tengo un pie fuera; las maletas compradas en la antigua papelería ya están hechas, solo falta ponerles los candados. He entregado la llave a la persona que vendrá a subalquilar, le he explicado con qué frecuencia hay que regar las plantas y que el picaporte de la puertaventana tiende a fallar. He vaciado un armario y he cerrado con llave otro en el que he guardado aquello a lo que le tengo cariño; al final, poca cosa: cuadernos, cartas, algunas fotos y papeles, mis diligentes agendas de bolsillo. En cuanto a lo demás, nada, solo que por primera vez otra persona compartirá mis tazas, mi vajilla, mis cubiertos, mis servilletas.

Ayer, mientras cenábamos en casa de unos amigos, todos me desearon buen viaje, buena estancia. Abrazándome, me desearon suerte.

Él no fue, estaba ocupado. De todos modos, lo pasé bien; estuvimos de sobremesa hasta bien entrada la medianoche.

Pienso: «Me espera un nuevo cielo, aunque se encuentre siempre unido a este». En ciertos aspectos, será una vida espléndida. Por ejemplo, durante un año no tendré que hacer la compra, ni cocinar, ni lavar los platos. No tendré que cenar ni una sola noche sin compañía.

Habría podido renunciar, habría podido quedarme aquí anclada. Pero hay algo que me empuja más allá de la coraza de mi vida, como el perro tiraba de mí por el sendero de la villa. Obedezco al impulso, conozco demasiado los estados de ánimo de este lugar, su respiración. Sin embargo, hoy, presa de todos los sentimientos soterrados que se niegan a desaparecer, sufro de apatía.

En casa de mi madre

Dos domingos al mes tomo el tren después de comer. De la tienda de galletas de la esquina le llevo siempre un paquete pequeño de lenguas de gato, aun a riesgo de que se desmigajen. Hoy, primer día del año, también le llevo una bandeja.

El día está nublado; anoche, después de los fuegos artificiales, llovió. Por la ventanilla veo las ovejas inmóviles contra los valles extensos y suaves. Llego a la estación y tomo el autobús que sube al pueblo. El chófer ya me resulta familiar, es un tipo descarado, podría decirse que es un plasta, pero no me molesta; al contrario, me agrada nuestro habitual intercambio fantasioso.

—Señora, la encuentro en forma, deslumbrante —me dice hoy—. Con usted, su marido ganó la lotería. Pero seguro que nunca lo admitiría, ¿a que no? Le deseo un muy feliz año de todo corazón.

El autobús bordea las murallas, vibra ruidosamente; soy la única a bordo. Bajo en la plaza donde ha decidido pasar su vejez, en la segunda planta de un edificio, encima de la farmacia. Me abre la cuidadora, que se marcha cuando llego.

Mi madre está sentada en su sillón delante del televisor. Ya se ha vestido; la veo cada vez más delgada, encogida; el jersey burdeos que le regalé el año pasado le queda bastante grande. El vestido le roza apenas el cuerpo; las mangas, demasiado largas, le tapan parte de las manos. No sonríe cuando me ve; me parece distraída, pero sus ojos brillan, aprensivos.

—Feliz año, mamá.

—Has venido.

La beso en la frente y pongo agua a calentar para el té. Y mientras preparo las galletas, la tetera, ella me enumera todos sus achaques: una nueva sensación de pesadez al final de la espalda, una punzada intermitente en la muñeca, el insomnio, los resultados —bastante normales— del último análisis de sangre. Y mientras me explica lo precario de su estado de salud, yo, que en comparación con ella soy joven, una persona activa, en general con buena salud, casi de inmediato me siento decaída, exhausta, obligada a resolver todos sus trastornos, a derrotar los síntomas de su declive, a revitalizar esa cara macilenta. Ese cuerpo frágil que sigue respirando, digiriendo, vaciándose, moviéndose despacio no es más que un mecanismo muy complejo y comprometido. Si lo pienso, me desaliento y me maravillo a la vez.

Tengo la impresión de que ella me cuenta todo esto para decirme: «¿Ves?, estoy llena de limitaciones, defectos, peligros; eso significa que en cualquier momento podría desmejorar de forma drástica, podría desaparecer. Prepárate para la catástrofe», me dice cada vez que nos vemos.

Pero ¿es cierto?, ¿me está diciendo exactamente eso? ¿Le gustaría asustarme, que me preocupara? Quizá se trate de una interpretación mía, de una proyección. ¿Por qué me afecta esta puesta al día, estos hechos? ¿Por qué hacen que cunda el pánico? Vuelvo a encontrarme en vilo, torpe, sobre esos troncos de mi niñez, frente al precipicio. Me siento una mala hija, desatenta, demasiado viva. Sin embargo, ella no se agita, procede con calma, sin escándalos, ya no levanta la voz. Habla de sí misma, no me critica. Se ha vuelto lacónica, aunque cuando tenía mi edad se enfurecía; recuerdo que en verano me habría gustado cerrar las ventanas, aislar en la casa aquella rabia para que los vecinos no la oyeran.

Coloco las lenguas de gato en un platito, preparo las tazas, la leche, una azucarera de porcelana que conozco desde mi niñez. Merendamos. Ella no me pregunta nada sobre mí o mis proyectos, sobre mi vida en la ciudad. Hablamos del tiempo, de las noticias, vemos juntas la televisión. Después me cuenta cosas de otros, de sus vecinos del edificio, de sus vicisitudes, señoras ancianas cuyos nietos vienen los domingos a visitarlas. Siempre debo mantenerme alerta; de lo contrario, su alma afligida termina por fundirse con la mía.

¿Qué pensará de mi camino solitario, de las decisiones de mi vida? ¿Le hubiera gustado tener dos nietecitos, un yerno solícito? Esperaba algo distinto, creo.

Normalmente, en un momento dado, bajamos y damos un breve paseo. Me sujeta la mano de una manera incómoda, innatural, es un modo de aferrarse que me causa cierto fastidio. Pero hoy no se ve con ánimos de salir, está cansada, el aire le parece cortante. Verla tan apagada me parte el corazón.

Antes de marcharme le digo:

—Mamá, no nos veremos en una temporada.

—¿Adónde vas?

—Me voy al extranjero, por trabajo.

—Entonces tienes que ir.

—Hablaremos por teléfono.

No se pone nerviosa. Me pregunta simplemente:

—¿Es lejos?

—Más allá de la frontera.

—Tal vez vaya a verte.

Parece que aún no me ha entendido. Después añade, sin resollar, con esos ojos siempre brillantes:

—Cuando se cambia de casa siempre se pierde algo. Cada mudanza te traiciona, te tima. Yo, por ejemplo, sigo buscando algunas de mis cosas, un broche que perteneció a mi madre, nada del otro mundo, pero le tenía cariño, ¿sabes? También una vieja agenda, aunque ya no sirve, me gustaba hojearla de vez en cuando, había guardado entradas, tíquets, una foto pequeña de tu padre, de cuando era un muchacho, antes de conocernos, qué apuesto era. Por más que busco, no las encuentro. A veces me pongo a peinar toda la casa con la esperanza de recuperarlas en algún cajón revisado ya mil veces, o en el fondo de una caja grande del trastero. En alguna parte andarán, claro, como las joyas robadas. ¿Te acuerdas de aquel anillo de oro un poco llamativo, el de las piedras verdes, que me ponía especialmente en invierno? Lo dejé a la vista de todos, como una tonta; era joven y andaba liada con la vida. Antes me volvía loca, perder ese anillo me atormentaba muchísimo, pero ahora pienso: paciencia, estará en algún dedo, o quizá en venta en un país muy lejos de aquí, a lo mejor ese al que tú vas ahora. Ha dejado de ser tuyo, pero en alguna parte andará, ¿no?

Dicho lo cual, los ojos que me miraban con fijeza recorren la habitación.

—¿Dónde habré metido aquella agenda?

—No lo sé, mamá. En alguna parte.

—¿Tú crees? Cuando vuelvas, tráeme más de estas, me gustan. —Y parte en dos una lengua de gato.

En la estación

Mientras espero el tren para regresar a casa, pido un café en el bar de la estación. Lo regenta una pareja cordial, reservada. Él luce un jersey bien grueso, del mismo gris que sus cejas pobladas. La señora, siempre esbelta, con un peinado alto, pasado de moda, las gafas sujetas a una cadenita, lleva bien los años. Hace medio siglo que son marido y mujer; en una repisa detrás del mostrador, entre las botellas, han colocado las felicitaciones recibidas por sus bodas de oro.

La señora me prepara el café, me pasa la nata montada. Le pido también un bocadillo caliente. Imposible llenar la sensación de vacío. El efecto de ver a mi madre deteriorada es siempre el mismo. Me viene a la cabeza una metáfora y busco un bolígrafo en el bolso. Pero no llevo libreta. En el dorso de un tíquet guardado en la cartera escribo a vuelapluma: «Mi madre está unida a la vida como un pedazo de cinta adhesiva amarillenta en un álbum de recortes; mientras cumple su cometido puede ceder de un momento a otro. Basta con volver la hoja para que se despegue y dejar atrás, en el papel, una mancha pálida, cuadrada».

El pensamiento no me gusta especialmente, lo encuentro enrevesado, pero me guardo el tíquet. Voy a la caja a pagar, hay cola. Tengo la cartera en la mano. El cliente de delante de mí está charlando y, mientras tanto, llega el tren. No lo esperaba tan pronto; el tiempo se me ha pasado volando.

—Ay, Dios, ¿será el mío? —pregunto, perpleja, al señor que regenta el bar.

—Siempre es puntual.

—Y ahora ¿qué hago?

—Bueno, pues te vas.

—Lo siento…

—Date prisa —insiste.

Salgo corriendo sin despedirme de la pareja, sin desear feliz año nuevo a nadie. Subo al tren sintiéndome estúpida, incluso misteriosamente protegida por el universo, o al menos por ese señor que hoy, por pura amabilidad, me ha dado de comer sin pedirme un céntimo. Ese gesto humano, el primer día del año, me infunde ánimo; sin embargo, también lo desquicia todo, hasta tal punto que, durante el viaje, me dan ganas de llorar.

Frente al espejo

Someto mi casa a una limpieza a fondo: cada rincón y cada hueco descuidado, todos los alféizares, los suelos, las pantallas de las lámparas. Quito las manchas de detergente que hay bajo el fregadero y la franja pegajosa de polvo que se acumula a lo largo de la moldura pasando una uña envuelta en un trapo. Limpio por dentro la lavadora y el cubo de basura, barro los restos en el umbral del balcón. Después elimino las costras de cal de los grifos sumergiéndolos en un vaso con vinagre blanco. Ahora que estoy a punto de sustraerme de estas habitaciones, no quiero que quede en ellas la menor partícula de mí.

Aparto los muebles y los reviso por dentro, por detrás, por debajo. No hay fin, este tipo de suciedad se propaga por todas partes, se insinúa en cada superficie. En la ferretería compro algunos objetos para recoger la cocina: ganchos para los agarradores, un trasto para guardar y escurrir los salvaúñas mojados. Tiro los cucharones de madera gastada, compro otros, los coloco como flores en un jarrón. Y mientras repaso toda la casa de arriba abajo encuentro en la despensa un platito precioso de cerámica que se me había roto hacía mucho tiempo: dos fragmentos separados, intactos aún, uno más pequeño, triangular, como si fuese la primera porción de una tarta. Me dispongo a tirarlos pero en el último momento cambio de idea; me parece posible pegarlos, pienso que el plato vale la pena, estaba pintado a mano, lo compré durante unas vacaciones en la montaña, a saber cuándo.

Voy otra vez a la ferretería y pido un pegamento para cerámica. Es un producto extrafuerte, lo pega todo, me dicen. En casa, sentada al escritorio, destapo el tubo, sigo las instrucciones del folleto y vuelvo a pegar el trozo a la tarta; al cabo de un segundo apenas se ve la grieta, parece uno de mis largos cabellos doblado. Mientras tapo el tubo lo aprieto por error, sale una buena cantidad de pegamento que me cubre los dedos y se seca enseguida, y en la piel aparece una mancha tozuda. Me lavo las manos pero la situación no hace más que empeorar, el agua no ayuda y los dedos se pegan entre sí como la porción de tarta. En el espejo me veo apagada, con las manos tiesas, embadurnadas de un pegamento que, sobre la piel, recuerda el polvo que tanto me cuesta eliminar, y después de mucho tiempo —tal vez por primera vez— me echo a reír.

En el nicho

Vengo a verte a ti también, papá. Te ofrezco un ramo de flores y te oigo decir: «¿Y para qué sirven?».

Te encuentro en el corazón de la ciudad, rodeado de muertos: almas decoradas, sepultadas en fila como los buzones del correo. Pero tú siempre estuviste en tu refugio. Preferías vivir en un reino propio, apartado. ¿Cómo podría unirme a otro si todavía, incluso después de haberte ido, sigo tratando de llenar el espacio entre mi madre y tú, la mujer con la que inexplicablemente decidiste compartir una vida y tener una hija? En mi cabeza, todavía hoy, sigues caminando un metro por delante de ella. Quizá esa distancia que yo hubiera querido acortar, tal vez borrar, entre los troncos de mi niñez, no era otra cosa que el espacio entre vosotros.

Tú, molesto por tener que estar junto a nosotras, con el único deseo de sustraerte de la ecuación, desequilibrándola. Tú, que durante las discusiones entre ella y yo decías categórico y taciturno: «Pero ¿qué quieres? Yo no entro ni salgo». Te limitabas a repetir esas dos frases feroces y cobardes. Y aprendí a no involucrarte, a no esperar ninguna ayuda. Entrabas y salías, no sabes tú cuánto; sigues entrando y saliendo, mucho mejor de lo que entras en esa celdilla de ahí. Por eso hoy, delante de tu agujero helado, tampoco te perdono, no te perdono que nunca intervinieras, que no me protegieras, que renunciaras a tu papel de salvaguarda, sintiéndote tú la víctima del ambiente borrascoso de casa. Aquel magma no te alcanzaba, ya habías construido a tu alrededor un muro más alto y grueso que esta estructura de mármol.

¿Qué tal es eso de estar siempre a oscuras? Odiabas las luces encendidas, las apagabas en todas partes, lo más posible, en cada cuarto. Qué derroche, decías, rezongando por la casa. Los domingos, cuando te veías obligado a pasar todo el día con nosotras, sin compromisos, sin asuntos que atender, sin escapatoria, te arrellanabas en un sillón de la sala y te hundías en tu oscuridad. «Qué derroche de tiempo», decías tras discutir con mi madre.

Ahora se han acabado los paseos solitarios, ya no te mueves más. Querías un mar que nunca se embraveciera. Pretendías llevarte bien con todo el mundo, no causar molestias, no pedir nada a nadie. Pero no se le pide al mar que no se enfurezca. Y a mí me pediste mucho: que aceptara tu compromiso tan parco conmigo, que te viera comprometido pero nunca apegado, nunca profundamente.

La fiebre repentina comenzó a las pocas horas de haber cerrado las maletas, que ya estaban en la entrada, una al lado de la otra. Debíamos partir la mañana siguiente, al amanecer. Y tú, hacia medianoche, tiraste la toalla: los ojos desencajados, aterrorizados; al segundo día en el hospital dijeron que los órganos se encontraban ya en fase de fallo generalizado.

Teníamos que ir juntos al teatro, era nuestro vínculo, lo único que te apasionaba. Te gustaba aquella oscuridad, aquel lugar solo tuyo, donde quedar absorto en los conflictos ajenos. Durante un mes me negué a deshacer la maleta, más afligida por esas entradas, por aquella aventura malograda, que por ti.

A pocos pasos

El día antes de partir bajo a la plaza para disfrutar de algún rincón, de una cúpula enrojecida por el sol oblicuo, de un portón entornado detrás del cual, al fondo del patio, se adivina un cuerpo femenino desnudo, de mármol, los brazos siempre levantados, la cara siempre de perfil. Me quedan unos recados por hacer —ir a la farmacia, a la tintorería, a mi modista de aquí, a la vuelta de la esquina—. La plaza está despejada: hace poco han desmontado los toldos del mercado, alguien ha barrido las hojas de las coliflores, las mandarinas caídas. Sentado en los bancos se ve a algún anciano que ha bajado a tomar el aire, a algún padre o madre que corren detrás de un niño recién liberado de un apartamento estrecho.

A esta hora de reapertura de las tiendas, de transición, me impresionan todos aquellos (los chicos que regresan cansados y muertos de hambre después del estruendo del instituto, ese hombrecito sonriente y menudo arrastrado por un perro enorme, los ojos tapados detrás de un impresionante flequillo blanco, el tipo medio ciego que pide alguna moneda delante del bar) que no se van a ninguna parte, que estarán siempre aquí. Pasearán siempre por estas aceras, son elementos fijos, anclados al barrio como los edificios, los árboles, la mujer de mármol. Rostros que me acompañaron durante años y que, al final, siguen siendo desconocidos. No tendría sentido despedirse de ellos, decir adiós, aunque en este momento me inspiren una simpatía exagerada.

Mientras camino y sufro el alejamiento inminente de este lugar, con el rabillo del ojo veo a otra persona, una mujer que se mueve a unos cincuenta metros de mí, vestida prácticamente igual que yo: una falda amplia, de color rojo, la tela sutilmente manchada. Abrigo de lana negro, botas de caña alta, un gorro de lana cubriéndole la cabeza. Ella también lleva el bolso en el hombro derecho. La edad es un misterio, podría tener la misma que yo o quince años más, a saber, o podría ser una muchacha. Camina alegre, con decisión.

Olvido todo lo que tengo que hacer y, como es mi costumbre, la sigo, no puedo evitarlo. Acomodo mi ritmo, acelero, luego me detengo mientras ella espera en el paso de cebra. Me pregunto si alguno de los que andan por ahí a esta hora nota la coincidencia: dos mujeres gemelas, extrañas, que pasean juntas y separadas. ¿Cómo es la cara de esta mujer? ¿Vive aquí desde siempre, como yo? ¿O estará de visita? ¿Por qué motivo? ¿Una cita? ¿Una reunión de trabajo? ¿Viene a ver a una abuela en silla de ruedas que ya no baja a la plaza? ¿Será una mujer atareada? ¿Preocupada o despreocupada? ¿Casada o sola? ¿Estará a punto de llamar al portero automático de una amiga? ¿Un amante? ¿Le apetecería tomar un zumo de fruta, un helado?

Vista de espaldas, mi doble me permite entender: soy yo y no soy yo, me marcho y sigo siempre aquí. Esta frase desbarata brevemente mi melancolía como un temblor que hace balancear las ramas, que hace estremecer las hojas de un árbol.

Espero a que ella cruce la calle primero, luego avanzo. Aquí no hay semáforo, conviene prestar atención. La calle es ligeramente curva y, por un instante, la pierdo de vista. Me pregunto en qué dirección debo ir. Cuando llego al paso de cebra no la veo delante, ni a la derecha ni a la izquierda. Corro hasta la plaza, la busco en la heladería, en la farmacia, en la tintorería. Recorro la plaza entera en su busca, como si fuera un periódico recién comprado en el quiosco, todavía fresco y por desplegar, olvidado por error junto a la caja del bar mientras pagaba el café. Este despiste me ocurre con bastante frecuencia. Siempre logro recuperar el periódico, porque algún tendero ha tenido la amabilidad de guardármelo. A ella no: se ha ido.

¿Era un espejismo? No, la vi seguro, una variante mía que caminaba alegre, decidida, a pocos pasos de mí.

En ninguna parte

Porque al final la ambientación no tiene nada que ver: el espacio físico, la luz, las paredes. No importa que sea bajo el cielo o bajo la lluvia o en el agua clara en verano. En tren o en coche, en avión entre las nubes inconexas, desperdigadas como un banco de medusas. Nunca estoy quieta, no hago más que moverme, siempre, esperando llegar, regresar o bien marcharme. A mis pies, una pequeña maleta por hacer, por deshacer, el bolso en el regazo, algo de dinero, un libro metido ahí dentro. ¿Existe un lugar donde no estemos de paso? Aturdida, confundida, desarraigada, descolocada, desconcertada, desnortada, desorientada, inadaptada, perdida, trastornada: en esta parentela de términos me oriento. He ahí mi morada: las palabras que me traen al mundo.

En el tren

Son cinco: cuatro hombres y una mujer, todos más o menos de la misma edad. Se parecen bastante: son morenos, algo gorditos, de sonrisa fácil. La mujer me saluda antes de sentarse frente a mí, junto a la ventanilla. Y de golpe el compartimento donde leía mi libro se llena de vida. No logro deducir qué vínculo los une. ¿Serán hermanos? ¿Primos? ¿Tres hermanos y una pareja? ¿Cinco amigos que son uña y carne?

Una vez que han subido y se han acomodado, de inmediato se ponen a comer; todos tienen un hambre voraz. Sobre la mesita abren una serie de bolsas repletas de comida sana pero sabrosa: nueces, naranjas rojas, higos secos; la disfrutan como si llevaran dos días sin probar bocado. Comparten todas estas provisiones, meten trozos de chocolate, gajos de fruta en las bocas de sus compañeros, como si fueran todos madres y al mismo tiempo todos niños, cachorros. Me impresiona el afecto desmedido que circula libremente. Se nota su fervor por la vida, la alegría de estar juntos. Parece que no necesitaran nada más.

Hablan sin parar en una lengua extranjera, no la reconozco. Me parece un presagio, dado que dentro de poco estaré en el extranjero, rodeada de otra lengua desconocida. Mientras hablan escuchan su música —canciones pasionales, desgarradoras— en un móvil. La calidad del sonido es pésima; sin embargo, la música los embarga, cierran los ojos, se emocionan. De vez en cuando cantan como si fuese natural cantar a voz en cuello entre toda esta gente del tren.

Me ofrecen nueces, higos, chocolatinas, naranjas rojas. Toda la comida me parece fresca, de excelente calidad. Pero no tengo hambre, ya he comido un bocadillo frío, insípido.

Su comportamiento desbordante es completamente distinto al de los otros pasajeros. Ellos no leen, no duermen, no conversan en voz baja por el móvil. Estrellan el silencio, vuelven patas arriba la monotonía del viaje. Son una muchachada dichosa cuya energía colectiva transforma la atmósfera del vagón en el que hoy pasaré todo el día.

Me pregunto adónde irán. ¿Hasta el final del trayecto de este tren para cruzar después la frontera, como yo? Parecen esperar algo, están excitados, un tanto impacientes. En cada parada miran fuera, atentos, no saben bien dónde bajarse, cuál es su parada. ¿Con quién irán a encontrarse? ¿Por qué motivo? ¿Qué estará a punto de ocurrir en la vida de estas personas?

La mujer, bastante maquillada, tiene la cara redonda, grandes ojos negros y brillantes. Reacciona a la música sin ninguna inhibición, en un momento dado veo que está hecha un mar de lágrimas y aparto la vista. Después, entusiasmada, empieza a enseñarle a uno de sus compañeros cómo despedirse en nuestra lengua. Ríen a carcajadas. Gritan juntos, silabeando, como si fueran alumnos de la escuela: «¡Has-ta la vis-ta!».

De repente, uno de los hombres se pone a hacer de peluquero. Saca de la mochila una serie de utensilios, un cepillo, unas tenacillas para rizar el pelo, aceite de semillas de lino, laca. Le hace a la chica un peinado elaborado. Mientras ella se deja peinar, los demás le hacen un número considerable de fotos, captando cada fase de su transformación.

Los otros no van vestidos de un modo especialmente elegante. Chaquetas cortas de piel, pantalones negros, zapatillas deportivas.

Ella deja las gafas de sol en la mesita, al lado del estuche rígido donde guardo las mías graduadas. Son de plástico, de escasa calidad, con las lentes rayadas como arrugas en la frente, como el cabrilleo del mar visto de muy lejos o desde arriba, mientras que las mías son caras, pulidas. Ríe a menudo, de forma desenvuelta, seductora. Cuenta distintas cosas: largas historietas detalladas, divertidas. Los otros la escuchan, embelesados.

A sus pies, entre las mochilas, hay una bolsa de plástico repleta de cortezas de naranja, para tirar. Se han acabado las provisiones, se han comido todo lo que subieron al tren.

En la parada siguiente se levantan de golpe, se despiden de mí, me dan las gracias, me piden disculpas. Lo recogen todo y bajan. Me dejan en mi sitio, con mi libro, el estuche rígido, la maleta con pocas cosas en su interior.

No me queda nada de la cuadrilla extranjera, de su deleite famélico. La mesita vuelve a estar limpia; los asientos de alrededor, libres. Y ahora lamento no haber probado nada de esa comida abundante de la que, amablemente, no me han dejado ni una miga.

Índice

Este libro acabó
de imprimirse
en Barcelona
en abril de 2019

Descubre tu próxima lectura

Si quieres formar parte de nuestra comunidad,
regístrate en **libros.megustaleer.club**
y recibirás recomendaciones personalizadas

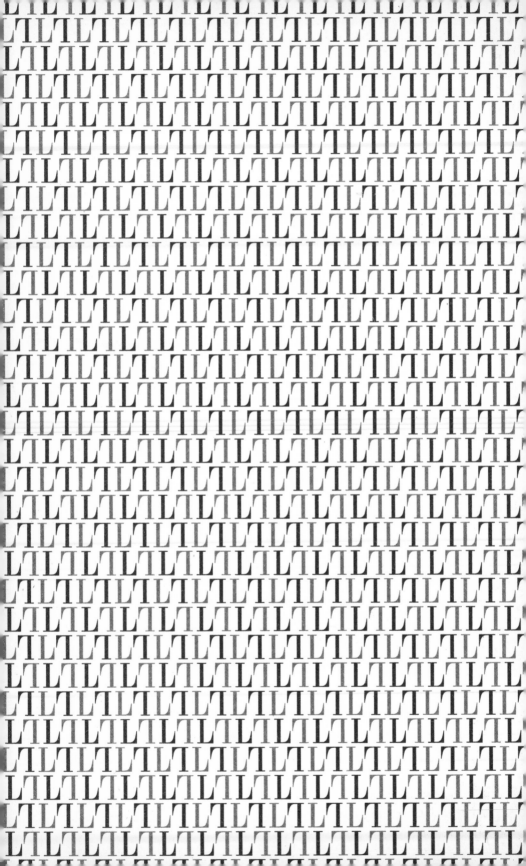